Gulliver Taschenbuch 214

Martin Auer, geboren 1951 in Wien, kam nach angefangenem Studium zum Theater als Schauspieler, Dramaturg, Musiker. Danach war er in der Werbebranche tätig. Er lernte zaubern, legte die Magierprüfung ab und lebt heute als freier Zauberkünstler und Entertainer in Wien. Er schreibt Gedichte und Geschichten und veröffentlichte u.a. bisher die Kinderbücher *Was niemand wissen kann, Der Sommer des Zauberers, Von Pechvögeln und Unglücksraben, In der wirklichen Welt, Die Jagd nach dem Zauberstab* sowie die Bilderbücher (mit Bildern von Simone Klages) *Bimbo und sein Vogel* (Auswahlliste zum Deutschen Jugendliteraturpreis, Kinderbuchpreis von Nordrhein-Westfalen), *Und wir flogen tausend Jahre, Der blaue Junge* und (mit Bildern von Axel Scheffler) *Lieschen Radieschen und der Lämmergeier* sowie eine Biographie über Jean-Henri Fabre, *Ich aber erforsche das Leben.*

Christoph Eschweiler, geboren 1955 in Köln, machte eine Lehre als Grafischer Zeichner und studierte dann Graphic Design in Aachen, wo er seit 1976 zusammen mit seiner Frau und seinen beiden Kindern auf dem Land lebt. Er arbeitete als Grafiker in einem Lehrmittelverlag, in einer Werbeagentur und einem Industrieunternehmen und veröffentlichte seit 1982 mehrere Buchillustrationen, vor allem Lithographien. Im Programm Beltz & Gelberg erschienen seit 1984 Bilder und Bildgeschichten im Kindermagazin *Der Bunte Hund* und in verschiedenen Anthologien. Für sein Bilderbuch *Max Schibronski ist überall* erhielt er 1985 den Troisdorfer Bilderbuchpreis.

Martin Auer
erzählt

Der wunderbare Zauberer von Oz

Nach dem Roman von
L. Frank Baum

Bilder von Christoph Eschweiler

BELTZ
& Gelberg

Die Vorlage dieses Romans, *The Wonderful Wizard of Oz* von L. Frank Baum,
erschien erstmals 1900 bei G.M. Hill, Chicago und New York.

Gulliver Taschenbuch 214

Programm Beltz & Gelberg, Weinheim

Reihenlayout und Einband von Wolfgang Rudelius
Einbandbild von Christoph Eschweiler
Gesamtherstellung Druckhaus Beltz, 69494 Hemsbach
Printed in Germany
ISBN 3 407 78214 4
1 2 3 4 5   00 99 98 97 96

Inhalt

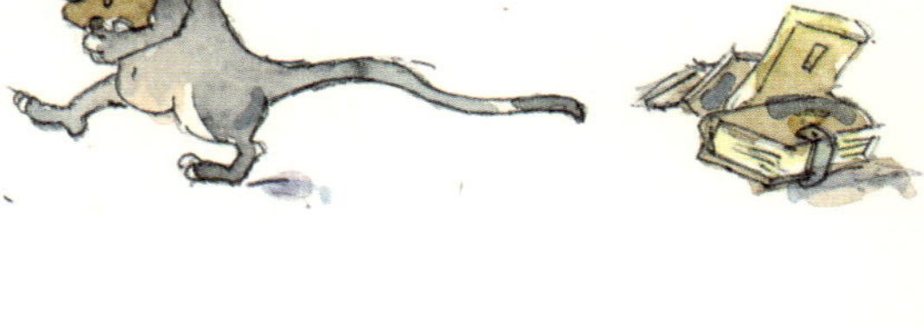

1. Kapitel

Der Wirbelsturm

Dorothy lebte in Kansas, in der Mitte der großen Prärie. Sie lebte dort bei ihrem Onkel Henry und ihrer Tante Emily, denn sie hatte ihre Eltern verloren. Onkel Henry war Bauer, und Tante Emily war seine Frau. Das Haus, in dem sie lebten, war sehr klein, denn es war aus Holz, und Holz mußte in dieser großen Prärie von weit her gebracht werden, darum war es teuer. Das Haus hatte vier Wände, einen Boden und ein Dach, was ziemlich genau ein Zimmer ergab. In diesem Zimmer gab es einen rostigen Herd, einen Küchenschrank, einen Tisch, drei bis vier Stühle und die Betten. Onkel Henry und Tante Emily hatten ein großes Bett in einer Ecke, und Dorothy hatte ein kleines Bett in der anderen Ecke. Es gab überhaupt keinen Dachboden und fast keinen Keller – nur ein kleines Loch in der Erde: Das nannte man einen Wirbelsturm-Keller. Denn Wirbelstürme gab es häufig in der großen Prärie, und sie konnten ein Holzhaus glatt zerschmettern. Und wenn einer kam, konnte die Familie sich in dem Wirbelsturm-Keller verstecken. Man kam dahin durch eine Falltür mitten im Boden, von der eine Leiter hinunterführte.

Wenn Dorothy in der Tür stand und sich umsah, konnte sie rundherum nichts sehen als die große, graue Prärie. Nicht ein Baum, nicht ein Haus unterbrach die weite, leere Ebene, die sich nach allen Seiten so weit erstreckte, bis sie an den Himmel stieß. Die Sonne hatte das Ackerland zu einer grauen, harten Kruste zusammengebacken, die von vielen Rissen durchzogen war. Auch das Gras zwischen den Feldern war von der Sonne ausgedörrt und ebenso grau wie alles andere. Das Haus war einmal angestrichen gewesen, aber die Sonne hatte die Farbe aufplatzen lassen, und der Regen hatte sie abgewaschen, und so war das Haus jetzt stumpf und grau wie die Prärie.

Als Tante Emily hierhergezogen war, war sie noch eine junge, hübsche Frau gewesen. Aber Sonne und Wind und die harte Arbeit hatten auch sie verändert. Ihre Augen hatten den Glanz verloren und waren grau und nüchtern geworden. Ihre Wangen und Lippen hatten ihre frische Farbe verloren und waren jetzt auch grau. Sie war hager und dürr und lächelte nie. Als Dorothy gerade zu ihnen gekommen war und gleich einmal wegen irgend etwas lachte, da erschrak Tante Emily so, daß sie richtig aufkreischte. Und noch immer sah sie das Kind ganz erstaunt an,

wenn es fröhlich war, und wunderte sich, wie irgendwer überhaupt irgendwas zum Lachen finden konnte.
Onkel Henry lachte nie. Er arbeitete hart vom Morgen bis zum Abend und wußte nicht, was Freude ist. Auch Onkel Henry war grau. Sein Bart war grau, seine Kleider waren grau, und seine großen dicken Arbeitsstiefel waren grau. Er sah ernst und feierlich aus und sagte selten etwas.
Nur mit Toto konnte Dorothy lachen, und ohne ihn wäre sie so grau geworden wie Onkel Henry, Tante Emily und die ganze Prärie. Toto war nicht grau. Er war ein kleiner schwarzer Hund mit langem seidigem Fell und schwarzen lustigen Augen, die links und rechts von seiner kleinen Schnauze zwinkerten. Toto spielte den ganzen Tag nur, und Dorothy spielte mit ihm und hatte ihn herzlich lieb.
Heute allerdings spielten sie nicht. Onkel Henry saß auf der Schwelle und schaute besorgt den Himmel an, der noch grauer aussah, als er gewöhnlich schon war. Dorothy stand in der Tür, hielt Toto in den Armen und schaute auch den Himmel an. Tante Emily wusch das Geschirr.
Fern im Norden hörten sie den Wind heulen, und sie konnten sehen, wie sich die langen Gräser in Wellen vor ihm duckten. Dann kam ein scharfes Pfeifen aus dem Süden, und als sie sich umblickten, sahen sie auch dort das Gras erbeben.
Plötzlich stand Onkel Henry auf.
»Es kommt ein Wirbelsturm, Em!« rief er seiner Frau zu. »Ich gehe nach dem Vieh sehen!« Dann lief er zu den Schuppen, wo die Rinder und Pferde untergebracht waren.
Tante Emily ließ ihre Arbeit liegen und kam zur Tür. Ein Blick genügte ihr, um die Gefahr zu erkennen.

»Schnell, Dorothy«, rief sie, »lauf in den Keller!«
Aber da strampelte sich Toto aus Dorothys Armen und verschwand unterm Bett. Dorothy versuchte ihn zu erwischen. Tante Emily war fürchterlich erschrocken, riß die Falltür auf und kletterte die Leiter hinunter. Dorothy hatte Toto endlich eingefangen und wollte ihr nach. Als sie halb durchs Zimmer war, gab es ein gewaltiges Windgetöse, das Haus wankte, und Dorothy setzte sich sehr plötzlich auf den Boden.
Dann passierte etwas Seltsames.
Das Haus wirbelte zwei-, dreimal herum und hob sich dann langsam in die Luft. Es war, als ob man in einem Ballon aufstiege.

Der Nordwind und der Südwind hatten sich nämlich genau dort getroffen, wo das Haus gestanden hatte, und so wurde das Haus in der Mitte des Wirbelsturms immer höher und höher getragen, bis es ganz an der Spitze des Sturmwirbels war, und dort blieb es, und der Sturm trug es über Meilen und Meilen mit sich.

Es war zwar sehr dunkel, und der Wind heulte fürchterlich, aber Dorothy reiste eigentlich ganz bequem. Außer den ersten paar Drehungen und dem einen Mal, als das Haus fast umgekippt wäre, fühlte es sich eher wie ein sanftes Schaukeln an, als ob sie ein Baby in der Wiege wäre.

Toto gefiel die Sache nicht. Er lief kreuz und quer durchs Zimmer und bellte laut. Einmal kam er der Falltür zu nahe und fiel durch das Loch im Boden. Dorothy dachte schon, sie hätte ihn verloren, aber dann sah sie eines seiner Ohren herausschauen. Der starke Luftdruck hielt Toto genauso oben wie das Haus, und er konnte gar nicht hinunterfallen. Dorothy kroch zu der Falltür und zog Toto wieder herein. Dann klappte sie die Tür zu, damit nicht noch ein Unfall passierte.

Viele Stunden vergingen, und langsam hörte Dorothy auf, sich zu fürchten. Sie fühlte sich freilich sehr einsam, und außerdem machte der Wind einen solchen Krach, daß sie fast taub davon wurde. Zunächst überlegte sie noch, ob sie wohl zu Tode geschmettert werden würde, wenn das Haus zu Boden stürzte. Aber als die Stunden vergingen und nichts Schreckliches geschah, hörte sie auf, sich Sorgen zu machen. Sie war auch schon zu müde dazu. Sie kroch auf allen vieren über den schlingernden Boden in ihr Bett, und Toto kam hinterher und legte sich zu ihr. Und so schliefen sie beide ein.

2. Kapitel

Die Mömpfe

Dorothy wachte von einem heftigen Schlag auf. Einem so heftigen, daß sie sich sicher weh getan hätte, wenn sie nicht in dem weichen Bett gelegen wäre. Aber so schnappte sie nur einmal nach Luft und wachte auf und wunderte sich, was denn wohl passiert wäre. Toto steckte ihr seine kalte Nase ins Gesicht und winselte unglücklich. Dorothy setzte sich auf und bemerkte, daß das Haus sich nicht mehr bewegte. Es war auch nicht mehr dunkel, denn Sonnenschein kam durchs Fenster und erfüllte das ganze kleine Zimmer. Da sprang sie aus dem Bett und lief, um die Tür zu öffnen.

Vor Erstaunen sagte sie etwas wie: »Uff!« oder »Wui!«, jedenfalls etwas, was ihre Tante Emily sicher nicht als passend für ein wohl-

erzogenes kleines Mädchen erachtet hätte, auch wenn sie nur ein Bauernmädchen aus der großen grauen Prärie in Kansas war.
Der Wirbelsturm hatte das Haus ganz sanft – sanft jedenfalls für einen Wirbelsturm – in der Mitte eines wirklich wunderschönen Landes niedergesetzt. Da waren überall hübsche kleine Rasenflecken, dazwischen stattliche Bäume mit köstlichen Früchten. Herrliche Blumen blühten rundherum, und in den Bäumen und Sträuchern flatterten und sangen Vögel mit kostbarem glänzenden Gefieder. Ein Stückchen weiter weg war ein kleiner Bach, der zwischen grünen Ufern plätscherte und glitzerte und murmelte, und das hörte sich für ein Mädchen aus der großen, grauen Prärie sehr angenehm an.
Während sie noch all die Wunder bewunderte, bemerkte sie, daß sich ihr eine Gruppe sehr seltsamer Leute näherte. Obwohl sie erwachsen aussahen, waren sie nicht so groß wie die Erwachsenen, an die Dorothy gewöhnt war, aber sie waren auch nicht zwergenklein. Sie waren eigentlich gerade genauso groß wie Dorothy, und das war eine sehr angenehme Größe, fand sie. Es waren drei Männer und eine Frau, und sie waren ziemlich ungewöhnlich gekleidet. Sie trugen runde spitze Hüte, sicherlich einen Drittelmeter hoch, und an den Krempen der Hüte kleine Schellen, die zierlich bimmelten. Die Hüte der Männer waren blau. Die kleine Frau trug einen weißen Hut und auch ein weißes Gewand, das über und über mit kleinen Sternen besät war, die wie Diamanten glitzerten. Es konnten auch Diamanten sein, die wie Sterne glitzerten. Die Kleider der Männer waren so blau wie ihre Hüte, und sie trugen glänzend polierte Stiefel mit blauen Stulpen. ›Die Männer sind wohl ungefähr so alt wie Onkel Henry‹, dachte Dorothy, denn zwei von ihnen hatten einen Bart.

Aber die Frau war viel älter, denn ihr Haar war weiß und ihr Gesicht voller kleiner Runzeln. Außerdem konnte sie schon nicht mehr so gut gehen.
Die vier gingen zwar auf das Haus zu, aber je näher sie kamen, um so langsamer wurden sie. Schließlich trippelten sie nur auf der Stelle, und dann blieben sie ganz stehen und begannen miteinander zu flüstern, so als ob sie sich fürchteten, näher zu kommen.
Dorothy war vielleicht ein ganz kleines bißchen froh darüber.
Aber dann ging die kleine alte Frau tapfer auf Dorothy zu und sagte: »Hochedle und würdige Zauberin, ich heiße Sie im Namen der Einwohner herzlich willkommen im Land der Mömpfe. Wir sind Ihnen ja so dankbar, daß Sie die böse Hexe des Ostens erschlagen haben und unser Volk aus der Sklaverei befreit haben! Das heißt ... Sie haben nicht vielleicht vor, uns jetzt selber zu versklaven?« Und dabei schaute die kleine Frau Dorothy ein bißchen mißtrauisch an.
Dorothy hörte sich diese Rede mit ziemlicher Verwunderung an. »Vielen Dank, zu liebenswürdig, sehr verbunden!« sagte sie, weil sie ebenso höflich sein wollte wie die alte Dame. »Aber wissen Sie, da muß wo ein Fehler sein: Ich erschlage nämlich nie jemand!«
»Natürlich nicht, hohe Zauberin«, sagte die kleine alte Frau, »selbstverständlich nicht. Ihr Haus hat es getan!«
Die kleine Alte in Weiß zeigte auf die Stelle, wo das Haus den Boden berührte, und da sah Dorothy etwas ziemlich Gräßliches: Zwei Füße standen da unter dem Haus hervor, mit silbernen spitzen Schuhen bekleidet.
Da war Dorothy furchtbar erschrocken. »Das Haus ist auf sie draufgefallen, um Himmels willen, was kann man da tun?«

»Überhaupt nichts«, sagte die kleine Alte ganz ruhig. »Aber machen Sie sich, bitte, nichts draus, es war eine wirklich böse Hexe, die nichts Besseres verdient hat. Sie hat jahrelang die Mömpfe in Sklaverei gehalten und Tag und Nacht für sich schuften lassen. Die Mömpfe sind jetzt frei, und, glauben Sie mir, sie sind Ihnen sehr dankbar für den Gefallen, den Sie ihnen getan haben.«

»Hoffentlich ist das auch wahr, was Sie da sagen«, murmelte Dorothy. »Und wer sind die Mömpfe?«

»Das hier sind Mömpfe«, sagte die alte Dame und zeigte auf die blaugekleideten Männer. »Die Leute, die hier im Ostland wohnen.«

»Sind Sie auch ein Mompf?«

»Nein, aber ich bin mit ihnen befreundet. Ich selber wohne im Nordland. Als die Mömpfe sahen, daß ihre böse Hexe erschlagen war, haben sie mich schnell hergeholt. Ich bin nämlich die Hexe des Nordens.«

»Ach du lieber Himmel«, schrie Dorothy, »eine richtige Hexe?«

»Allerdings«, antwortete die kleine Frau mit Würde, »nur bin ich eine gute Hexe, und das Volk liebt mich. Leider stehen mir nicht ganz so mächtige Zaubermittel zur Verfügung, wie sie die böse Hexe des Ostens hatte, sonst hätte ich das Volk der Mömpfe selber befreit.«

»Aber sind nicht alle Hexen... ich meine, man sagt doch überhaupt, daß Hexen...?«

»...böse sind, wollen Sie sagen? Nein, nein, das ist ein gewaltiger Irrtum! Hier im Land Oz gab es vier mächtige Hexen bis heute nacht, und zwei davon, die des Nordens und des Südens, sind gute Hexen. Das kann ich Ihnen versichern, denn ich bin selber eine, also muß ich es wissen. Die Osthexe und die Westhexe waren – sehr zu unserem Bedauern – in der Tat böse Hexen. Aber nachdem Sie nun die eine erschlagen haben, bleibt nur mehr eine einzige böse Hexe im ganzen Land Oz, die Westhexe.«

»Ja«, sagte Dorothy, nachdem sie einen Moment lang nachgedacht hatte, »aber Tante Emily sagt, daß Hexen schon lange ausgestorben sind und es sie nur früher gegeben hat.«

»Wer ist Tante Emily?« fragte die kleine alte Frau, die also die Hexe des Nordens war.

»Tante Emily ist meine Tante in Kansas, und bei ihr wohne ich!«

Die Nordhexe schien nachzudenken. »Kansas, Kansas, hab ich noch nie gehört... Aber sagen Sie, ist Kansas ein zivilisiertes Land?«

»O ja«, sagte Dorothy stolz, »Kansas ist ein Vereinigter Staat von Amerika, und alle Vereinigten Staaten von Amerika sind zif... zil..., also das, was Sie gesagt haben!«

»Ja, das erklärt es! In den zivilisierten Ländern sind, soviel ich weiß, keine Hexen mehr da, auch keine Zauberer, Hexer und Magier. Aber wissen Sie, das Land Oz – das ist nämlich das Land, in dem wir uns gerade befinden – ist noch nie zivilisiert worden, weil es rundherum von der Welt abgeschnitten ist. Darum sind bei uns die Hexen und Zauberer noch nicht ausgerottet.«

»Und was für Zauberer gibt es hier?« fragte Dorothy.

»Oz selber ist der größte Zauberer«, antwortete die Hexe und begann dabei zu flüstern. »Er ist mächtiger als alle Hexen zusammen. Er lebt in der Smaragdenen Stadt.«

Dorothy wollte gerade noch etwas fragen, aber da machten die Mömpfe, die bisher stumm daneben gestanden hatten, endlich einmal den Mund auf, riefen und deuteten auf die Hausecke, unter der die böse Hexe gelegen hatte.
»Was ist denn los?« fragte die kleine alte Frau, und dann kicherte sie. Die Füße der toten Hexe waren vollständig verschwunden, und nur die Silberschuhe waren übriggeblieben.
»Sie war schon so alt und dürr«, flüsterte sie Dorothy vertraulich zu, »daß sie in der Sonne zu Staub zerfallen ist. Sie muß schon weit über siebenhundert Jahre gewesen sein, obwohl sie immer behauptet hat, sie sei erst sechshundertfünfzig. Na ja«, und dabei bückte sie sich stöhnend und hob die Silberschuhe auf, »die gehören jetzt Ihnen!« Die kleine Hexe schüttelte noch ein wenig Staub aus den Schuhen heraus, und bei diesem Anblick mußte auch Dorothy sich schütteln.
»Die Osthexe hat sich viel eingebildet auf ihre Silberschuhe«, sagte einer der Mömpfe, und das war der erste ganze Satz, den einer von ihnen herausbrachte.
»Ja«, sagte ein zweiter Mompf, »es sind Zauberschuhe, aber wir wissen nicht, was sie zaubern.«
»Wissen Sie es vielleicht?« fragte Dorothy die Hexe.
»Leider nicht. Solche Schuhe sind sehr selten, und ich habe noch nie welche gehabt. Aber nehmen Sie sie nur mit, vielleicht finden Sie es noch heraus!«
Dorothy nahm die Schuhe, die ihr die kleine Nordhexe hinhielt, aber sie faßte sie nur mit zwei Fingern an, trug sie schnell ins Haus und versteckte sie unterm Herd. Zauberschuhe lehnt man eben nicht so einfach ab, auch wenn man sich ein bißchen davor gruselt, weil eine tote Hexe drin gesteckt hat.

Dann lief sie wieder hinaus und sagte: »So, jetzt will ich aber zurück nach Kansas. Tante Emily und Onkel Henry werden sich schon Sorgen machen.«

Die Mömpfe und die Hexe schauten einander an, und dann schauten sie Dorothy an, und dann schüttelten sie die Köpfe.

»Also hier im Osten ist noch nie einer aus Oz herausgekommen«, sagte einer der Mömpfe. »Da ist nämlich eine große Wüste, und durch die kommt man nicht lebendig durch!«

»Im Süden grenzt Oz auch an diese Wüste«, sagte ein anderer Mompf, »ich weiß das, weil ich einmal dort bei den Quasslingen gelebt habe.«

»Im Westen, bei den Munkeln, habe ich gehört, grenzt Oz auch an diese Wüste«, sagte der dritte Mompf. »Allerdings war ich nie dort, und ich würde auch nie hingehen, weil dort noch immer die Westhexe herrscht und man sicher versklavt wird, wenn man ihr über den Weg läuft!«

»Ja, leider, über den Norden kann ich Ihnen auch nichts Günstigeres mitteilen«, sagte die Nordhexe, »auch dort grenzt das Land Oz an diese Wüste, durch die keiner durchkann. Ich fürchte, mein Schatz, Sie werden in Zukunft hier bei uns leben müssen.«

Da begann Dorothy zu weinen, denn sie hatte keine Lust, den Rest ihres Lebens unter fremden Leuten in einem fremden Land zu verbringen. Die weichherzigen Mömpfe sahen Dorothy weinen, zogen ihre Taschentücher aus den Taschen, entfalteten sie sorgfältig und weinten mit. Immer nach drei Schluchzern putzten sich alle drei feierlich die Nasen. Aber die kleine Nordhexe nahm ihre spitze weiße Mütze ab, drehte sie um und balancierte sie mit der Spitze auf ihrer Nase. Dazu zählte sie ernsthaft: »Eins, zwei, drei!«, worauf sich die Mütze in eine Schiefertafel verwandelte, auf der mit Kreide geschrieben stand:

SCHICK DOROTHY NACH
DER SMARAGDENEN STADT!

Die Nordhexe nahm die Tafel von ihrer Nase, las die Inschrift und fragte: »Heißen Sie zufällig Dorothy, meine Liebe?«
»Natürlich! Oh, Entschuldigung. Das heißt...«, stammelte Dorothy, der gerade einfiel, daß sie vergessen hatte, sich vorzustellen. Außerdem fiel ihr ein, daß sie sich dringend die Nase putzen mußte. Sie suchte ein Taschentuch, aber weil sie keins fand, schniefte sie ein paarmal kräftig, und so ging's auch. Als die höflichen Mömpfe das merkten, warfen sie ihre Taschentücher weg und schnieften auch.
»In diesem Fall müssen Sie in die Smaragdene Stadt. Vielleicht kann der Große Oz Ihnen helfen.«
»Und wo ist diese Stadt?« fragte Dorothy.
»Genau in der Mitte des Landes, und regiert wird sie von ebendemselben Großen Oz, von dem ich gerade zu sprechen die Ehre hatte.«
»Ist er ein guter Mensch?« fragte Dorothy.
»Er ist ein guter Zauberer. Ob er ein Mensch ist, weiß ich nicht, weil ich ihn noch nie gesehen habe.«
»Und wie komm ich da hin?« erkundigte sich Dorothy.
»Da müssen Sie wandern. Es ist eine lange Reise von hier, und die Gegenden, durch die Sie kommen werden, sind teils lieblich und angenehm, teils schauderhaft und gräßlich, müssen Sie wissen. Aber machen Sie sich nichts draus, ich werde Ihnen mit allem Zauber, der mir zur Verfügung steht, behilflich sein.«
»Können Sie nicht mitkommen?«
»Das geht leider nicht, aus Termingründen, wissen Sie!«

»Ach ja.«

»Aber ich werde Sie küssen, und das heißt soviel wie, daß sie unter meinem persönlichen Schutz stehen. Da kann Ihnen nichts passieren. Jedenfalls nicht viel.«

Darauf zog die kleine Hexe des Nordens aus ihrem Hut – die Schiefertafel hatte sich schon wieder zurückverwandelt – einen kleinen Spiegel und einen Lippenstift, malte sich sorgfältig den Mund an, zupfte sich bei der Gelegenheit auch gleich ein paar Härchen aus den Augenbrauen und rückte ihre weißen Locken zurecht, und dann gab sie Dorothy mit ihrem Lippenstiftmund einen dicken Schmatz auf die Wange, so daß ein schöner roter Abdruck blieb.

»Die Straße nach der Smaragdenen Stadt ist mit gelben Ziegeln gepflastert, die können Sie gar nicht verfehlen«, sagte die Hexe noch. »Und wenn Sie Oz treffen, fürchten Sie sich nicht vor ihm, sondern sagen Sie ihm einen schönen Gruß von mir, und er soll Ihnen helfen. Auf Wiedersehen, meine Liebe, und angenehmen Aufenthalt.«

Die drei Mömpfe verbeugten sich feierlich, wünschten eine angenehme Reise und gingen dann durch die Bäume davon. Die kleine Hexe lächelte Dorothy noch einmal mit ihrem geschminkten Mund an, drehte dann eine perfekte Pirouette auf einer Zehe, ließ noch kurz einen Doppelaxel folgen, als wäre sie eine Eiskunstläuferin, und verschwand. Sehr zum Erstaunen von Toto übrigens, der wütend den Fleck anbellte, wo sie gerade noch gewesen war.

Aber Dorothy, die ja jetzt wußte, daß das eine Hexe war, wunderte sich kein bißchen.

3. Kapitel

Der Vogelscheuch

Als alle Dorothy allein gelassen hatten – alle außer Toto natürlich –, fühlte sie sich zuerst einmal hungrig. Also ging sie zum Küchenschrank und machte sich ein Butterbrot. Es war doch ganz angenehm, im fremden Land das eigene Haus mitzuhaben. Dann nahm sie einen Kübel und ging zum Bach, um Wasser zu holen. Toto bellte inzwischen die Vögel an, die auf den Bäumen saßen, und schnüffelte im Gras.

Als Dorothy mit dem Wasser zurückkam, sagte sie: »Toto, heute gibt es keinen Tee zum Frühstück. Ich glaube nicht, daß das Haus auf unserer Reise noch weiter mitkommen wird, und deswegen lohnt es sich nicht, den Herd einzuheizen. Meinst du nicht?«

Toto wedelte zustimmend mit dem Schwanz, denn er trank niemals Tee, und so war er ganz zufrieden, als Dorothy ihr Wasser und ihr Butterbrot mit ihm teilte. Dorothy hatte sich noch etwas Obst von den Bäumen gepflückt, aber daran war Toto nicht interessiert.

Nach dem Frühstück räumte Dorothy das Haus auf, wusch und kämmte sich, und dann überlegte sie, was sie für die Reise anziehen sollte. Da sie nur zwei Kleider besaß und sie in dem einen gerade geschlafen hatte, war die Wahl nicht sehr schwierig. Das andere Kleid hing an einem Nagel neben ihrem Bett. Es war weiß und blau kariert und vom vielen Waschen schon etwas verschossen. Dazu setzte sie ihren rosa Sonnenhut auf. Sie nahm einen Henkelkorb, füllte ihn mit Brot und deckte ein sauberes weißes Tuch darüber. Einen Spiegel gab es in dem Haus nicht – Tante Emily und Onkel Henry hatten nichts übrig für so unnütze Spielereien –, aber Dorothy fühlte sich ziemlich adrett in ihrem Reisekostüm. Dann fiel ihr Blick auf ihre abgetragenen alten Schuhe. »Die überstehen sicher keine lange Reise, was meinst du, Toto?«

Toto wedelte mit dem Schwanz und dachte gar nicht daran, etwas zu sagen, wie zum Beispiel: »Wenn sie auch nicht mehr schön aussehen, so können sie noch gut und gern ihre zwanzig Jahre halten.« Tante Emily hätte es sicher gesagt.

»Ich glaube, es bleibt mir gar nichts anderes übrig, als die… als das andere Paar zu nehmen, nicht wahr, Toto?«

Und da Toto wieder wedelte, nahm Dorothy den Besen und stocherte die Silberschuhe der toten Hexe unter dem Herd hervor. Etwas mulmig war ihr schon, als sie hineinschlüpfte, und sie schaute vorher noch sehr genau, ob nicht doch noch etwas zu Staub geschrumpelte Hexe drin war.

Die Schuhe paßten, als wären sie extra für sie gemacht worden.

»Ich glaube, es ist einfach vernünftiger, diese zu nehmen«, sagte Dorothy zu Toto, »schon allein, weil sie sich nicht abnützen!« Und dann nahm sie ihren Korb, schloß sorgfältig die Tür ab und machte sich mit Toto auf den Weg zur Smaragdenen Stadt.
Dorothy kreuzte verschiedene Straßen, aber bald stieß sie auf die mit den gelben Ziegeln, und so wanderten sie schon nach kurzer Zeit entschlossen auf die Smaragdene Stadt zu. Die Sonne schien warm, und die Vögel sangen süße Melodien, und das Land rundherum sah sehr grün und fruchtbar aus. Die Mömpfe waren offenbar alle Bauern, so wie Onkel Henry. Aber ihre Häuser sahen seltsam aus; sie waren rund, hatten spitze Kegeldächer und waren alle blau angemalt. Eigentlich sahen die Häuser der Mömpfe genauso aus wie ihre Hüte. Wenn Dorothy an einem Haus vorbeikam, dann kamen die Bewohner ganz still an die Straße und verbeugten sich tief vor ihr, denn alle wußten schon, daß sie es war, die die Hexe – wenn auch unabsichtlich – erschlagen hatte.
Gegen Abend, als Dorothy schon müde wurde von ihrem langen Marsch und sich zu fragen begann, wo sie die Nacht verbringen würde, kam sie zu einem Haus, wo gerade ein Fest gefeiert wurde. Auf der Wiese vor dem Haus tanzten viele Männer und Frauen zur Musik von fünf Fiedlern. Die Leute lachten und sangen, und ein großer Tisch mit Früchten und Nüssen, Pasteten und Kuchen war aufgebaut, von dem sich jeder nehmen konnte.
Dorothy blieb stehen und sah ihnen zu. Aber nach einer Weile bemerkten die Mömpfe sie, hörten auf zu tanzen und zu lachen und standen nur da und starrten sie an. So standen sie eine Weile und schauten nur. Dorothy tat es plötzlich leid, daß sie den

Mömpfen ihr Fest gestört hatte, und sie drehte sich um und ging weiter. Da faßte sich endlich einer der schüchternen Mömpfe ein Herz, lief ihr nach und sagte: »Entschuldigen Sie bitte, möchten Sie nicht vielleicht an unserem Fest teilnehmen, wir möchten Sie gern einladen, nur die anderen waren zu schüchtern dazu. Übrigens, ich heiße Boq!« Und dann wurde er rot.

»Angenehm, Dorothy«, sagte Dorothy. Und dann feierte sie mit den Mömpfen die Befreiung von der Hexe, und die Mömpfe erzählten ihr, daß die Hexe sie gezwungen hätte, überall Bilsenkraut, Stechapfel und Tollkirsche anzubauen, aus denen sie riesige Mengen Hexensalben und anderes Gebräu erzeugt hätte. Jetzt könnten die Mömpfe endlich wieder Gemüse, Getreide und Obst für sich selber anbauen, und es war auch höchste Zeit, denn in den letzten Jahren hätten sie kaum mehr etwas zu essen gehabt, weil auf den meisten Feldern nur die Hexenkräuter gewachsen waren.

»Wir sind froh, daß Sie eine gute Hexe sind!« sagte Boq.

»Ich? Wie kommen Sie denn da drauf?« fragte Dorothy erstaunt.

»Aber das war doch leicht: Nur Hexen tragen Silberschuhe, und außerdem tragen Sie Weiß auf Ihren Kleidern, und Weiß tragen auch nur Hexen. Wir sind Ihnen übrigens sehr dankbar, daß Sie es mit Blau gemischt haben, ich meine, es ist eine große Ehre für uns, weil Blau doch die Mompf-Farbe ist, und wir hoffen, es bedeutet, daß Sie uns gut gesinnt sind.«

»Aber sicher, klar, da können Sie ganz beruhigt sein. Wissen Sie, bis jetzt hat sich noch nie wer dafür interessiert, ob ich irgend jemand gut gesinnt bin oder nicht.«

»Heißt das also«, sagte Boq, »daß Sie nichts von uns verlangen für die Befreiung, zum Beispiel, daß wir jetzt *Ihre* Sklaven werden müssen?«

»Das wäre keine sonderliche Befreiung, nicht wahr?« sagte Dorothy. »Außerdem wüßte ich gar nicht, was ich mit Sklaven anfangen soll. Wenn ich aber vielleicht irgendwo hier schlafen könnte...?«

Da führte Boq sie in ein blaues Zimmer mit einem blauen Bett, das mit blauer Bettwäsche bezogen war, und darin schlief Dorothy ganz ausgezeichnet, während die Mömpfe draußen ganz leise weiterfeierten. Toto hatte ein Plätzchen auf dem blauen Teppich bekommen.

Am nächsten Morgen machten sich Dorothy und Toto nach einem herzhaften Frühstück wieder auf den Weg. »Wie weit ist es noch bis zur Smaragdenen Stadt?« fragte Dorothy.

»Das weiß ich nicht«, sagte Boq, »von uns war noch keiner dort. Man kann vom Großen Oz nicht sagen, daß er böse wäre, er hat viel Gutes getan für das Land – so heißt es wenigstens, obwohl ich nicht genau weiß, was er Gutes getan hat. Aber die Leute kommen ihm lieber nicht in die Nähe, wenn sie nichts wirklich Wichtiges mit ihm zu tun haben. Außerdem muß man einige – nun ja, wenig erfreuliche Gegenden passieren, die leider zwischen hier und der Smaragdenen Stadt liegen.«

Das machte Dorothy schon ein bißchen Sorgen, aber nachdem nun einmal der Große Oz der einzige war, der ihr helfen konnte, wieder heim nach Kansas zu kommen, blieb ihr gar nichts anderes übrig, als entschlossen loszumarschieren.

Sie verabschiedete sich von den schüchternen Mömpfen und wanderte wieder die Straße mit den gelben Ziegeln entlang.

Nach einigen Meilen wollte sie Rast machen und kletterte auf einen Zaun, der neben der Straße verlief. Das war eine eher schmale Sitzgelegenheit, aber sie bot eine bessere Aussicht. Da saß Dorothy, schlenkerte mit den Beinen und ließ den kühlen Wind unter ihren Rock blasen. Hinter dem Zaun lag ein großes Kornfeld, und in seiner Mitte sah Dorothy eine Vogelscheuche auf einer großen Stange.
Weil es sonst nichts Ungewöhnliches zu sehen gab in der Gegend, betrachtete Dorothy die Vogelscheuche. Ihr Kopf war aus einem kleinen Sack gemacht, der mit irgend etwas ausgestopft war, wahrscheinlich mit Stroh. Auf den Sack waren Augen, Nase und Mund gemalt, und mehr braucht es bekanntlich nicht, um ein Gesicht darzustellen. Ein alter spitzer, blauer Mompf-Hut saß auf dem Kopf, und der Rest der Vogelscheuche war aus einem blauen Anzug gemacht, der auch schon ziemlich alt war. Blaue Stiefel hatte die Vogelscheuche auch.
Dorothy überlegte gerade, ob man zu einer Vogelscheuche, die offensichtlich ein Mann war, trotzdem »die Vogelscheuche« sagte, als die Vogelscheuche – oder der Vogelscheuchenmann – ihr plötzlich zuzwinkerte. Dorothy machte die Augen zu, schüttelte den Kopf und schaute noch einmal hin. Denn sie kannte zwar auch in Kansas Vogelscheuchen, aber die zwinkerten nie.
Jetzt zwinkerte der Vogelscheuchenmann nicht bloß, jetzt nickte er ihr freundlich zu!
Da kletterte sie von dem Zaun herunter und ging auf den Vogelscheuch zu, während Toto um die Stange herumlief und ihn anbellte.
»Hallo!« sagte der Vogelscheuch etwas heiser.
»Hast du gesprochen?« fragte Dorothy.

»Sicher«, sagte der Vogelscheuch. »Wie geht's?«

»Danke, ganz gut. Und dir?« sagte Dorothy höflich.

»Danke, nicht so gut«, sagte der Vogelscheuch lächelnd. »Es ist mühsam, Tag und Nacht auf einem Stecken zu stecken und Vögel zu scheuchen.«

»Kannst du denn nicht runter?«

»Nein, diese Stange steckt mir im Rücken. Wenn du sie wegnehmen könntest, wäre ich dir sehr verbunden!«

Dorothy streckte sich und hob den ganzen Vogelscheuchenmann von der Stange herunter. Da er mit Stroh ausgestopft war, wog er nicht sehr viel.

»Vielen Dank«, sagte er, »ich fühle mich wie neugeboren. Und wer bist du?« fragte er, nachdem er gegähnt und sich ausgiebig gestreckt hatte.

»Ich heiße Dorothy, und ich gehe in die Smaragdene Stadt, weil ich den Großen Oz bitten will, daß er mich wieder heim nach Kansas schickt.«

»Wo ist die Smaragdene Stadt?« fragte der Vogelscheuch. »Und wer ist Oz?«
»Was, das weißt du nicht?«
»Nein. Ich weiß leider überhaupt nichts. Es ist nämlich so, daß ich nur Stroh im Kopf habe und keinen Verstand, so wie andere Leute«, sagte er traurig.
»Ach, das tut mir aber leid!« sagte Dorothy. Und dann erklärte sie ihm, wer sie war und warum sie den Großen Oz suchte.
»Wenn dieser Oz so mächtig ist«, sagte der Vogelscheuch, »meinst du, er ist mächtig genug, mir einen Verstand zu geben? Wenigstens einen kleinen?«
»Ja, das weiß ich natürlich nicht«, sagte Dorothy, »ich kenne ihn ja selber eigentlich gar nicht. Aber wenn du magst, kannst du gerne mitkommen, schaden kann es auf gar keinen Fall. Ich meine, wenn er dir keinen Verstand geben kann, dann bist du jedenfalls nicht schlechter dran als jetzt.«
Der Vogelscheuch legte seinen Kopf schief, blieb eine Weile so stehen, und dann sagte er: »Das ist wahr und richtig. Es muß wunderbar sein, einen Verstand zu haben, mit dem man so wahre und richtige Dinge denken kann. Ich habe ja nichts dagegen, daß der Rest von mir ausgestopft ist. Es ist eigentlich ganz praktisch, wenn mir jemand auf die Zehen tritt oder mich zufällig mit einer Stecknadel sticht. Das spüre ich nämlich überhaupt nicht. Aber ich möchte nicht gerne für einen Dummkopf gehalten werden. Nur, solange ich nur Stroh im Kopf habe und keinen Verstand, ist es natürlich nur zu wahr, daß ich ein Dummkopf bin.«
»Das kann ich dir nachfühlen«, sagte Dorothy, der der Vogelscheuch wirklich leid tat.
Sie gingen wieder zur Straße. Dorothy half dem Vogelscheuch

über den Zaun, und dann wanderten sie zu dritt auf die Smaragdene Stadt zu. Toto war anfangs nicht sehr erfreut über den neuen Reisegefährten. Er schnüffelte mißtrauisch an dem ausgestopften Vogelscheuch herum, als ob er ihn verdächtigte, ein Rattennest in seinem Stroh zu verstecken, und er knurrte ihn hin und wieder recht unfreundlich an.

»Du brauchst aber keine Angst zu haben vor Toto«, sagte Dorothy zum Vogelscheuch, »er beißt nie jemand!«

»Ah, ich fürchte mich nicht!« erwiderte er. »Hundebisse machen mir nichts aus. Übrigens, laß mich deinen Korb tragen, ich werde nämlich auch nie müde, weißt du. Soll ich dir ein Geheimnis verraten? Es gibt nur eine Sache auf der Welt, vor der ich mich wirklich ernstlich fürchte!«

»Und zwar?« fragte Dorothy. »Wahrscheinlich vor dem Mompf, der dich gemacht hat?«

»Mm-mm!« Der Vogelscheuch schüttelte seinen ausgestopften Kopf. »Das einzige, wovor ich mich fürchte, ist ein brennendes Zündholz!«

4. Kapitel

Die Straße

Nach einigen Stunden begann die Straße schlechter zu werden. Das Marschieren wurde schwieriger, und der Vogelscheuch fiel immer wieder hin. Das Ziegelpflaster war hier sehr unregelmäßig, manchmal fehlten Steine, und in der Straße taten sich tiefe Löcher auf.

Toto sprang über die Löcher drüber, und Dorothy ging um sie herum, doch der Vogelscheuch, der keinen Verstand hatte, ging immer schnurstracks geradeaus und fiel in jedes Loch, das ihm unter die blauen Stiefel kam. Aber er tat sich nie weh, und wenn Dorothy ihn wieder auf die Füße gestellt hatte, lachte er und ging weiter.

Das Land war hier nicht mehr so gut bewirtschaftet. Es gab auch

weniger Häuser und weniger Obstbäume, und je weiter sie kamen, um so düsterer und einsamer wurde das Land.
Zu Mittag setzten sie sich am Straßenrand nieder, nahe bei einem kleinen Bach, und Dorothy holte Brot aus ihrem Korb. Sie bot dem Vogelscheuch etwas an, aber der wollte nichts.
»Ich bin niemals hungrig«, sagte er, »und mir kommt vor, daß das ein Glück ist, obwohl mir natürlich der Verstand fehlt, um das wirklich beurteilen zu können. Aber wenn man nur einen aufgemalten Mund hat und nichts essen kann, dann ist es, glaube ich, sehr unangenehm, wenn man hungrig wird.«
Dorothy erkannte sofort, wie wahr das war, also nickte sie und aß weiter.
»Erzähl mir etwas von dir und von dem Land, aus dem du kommst«, sagte der Vogelscheuch, als Dorothy mit ihrem Mittagessen fertig war. Also erzählte sie ihm von Kansas und von Tante Emily und Onkel Henry und von der großen grauen Prärie.
Der Vogelscheuch hörte aufmerksam zu und sagte schließlich: »Ich kann nicht verstehen, warum du das schöne Land hier verlassen und in dieses dürre, graue Kansas zurückkehren willst.«
»Das ist, weil du keinen Verstand hast!« sagte das Mädchen. »Kansas ist eben mein Zuhause, und alle Leute sehnen sich nach ihrem Zuhause, egal wie grau und traurig es aussieht.«
Der Vogelscheuch seufzte: »Natürlich kann ich das nicht verstehen, weil ich ja nur Stroh im Kopf habe. Wenn alle Leute Stroh im Kopf hätten, dann würden sie nur an den hübschesten Plätzen wohnen, und Kansas hätte überhaupt keine Leute. Es ist ein Glück für Kansas, daß ihr Verstand in den Köpfen habt.«

»Erzählst *du* mir jetzt eine Geschichte?« fragte Dorothy.
Der Vogelscheuch sah sie ein bißchen vorwurfsvoll an und sagte: »Mein Leben ist noch ganz kurz, und ich weiß überhaupt gar nichts. Ich bin doch erst vorgestern gemacht worden. Was vorher in der Welt passiert ist, ist mir ganz unbekannt. Falls es vorher überhaupt eine Welt gegeben hat. Nun ja, etwas muß es vorher gegeben haben, sonst hätte mich ja niemand machen können. Das erste, woran ich mich erinnern kann, ist, daß jemand gesagt hat: ›Wie gefallen dir diese Ohren?‹ – ›Sie sind ungleich!‹ sagte eine andere Stimme. ›Macht nichts‹, sagte die erste Stimme, ›Hauptsache, es sind Ohren! Jetzt male ich ihm die Augen.‹ Dann hörte ich eine Weile nichts, aber plötzlich passierte etwas ganz Neues: Ich konnte sehen! Das erste, was ich gesehen habe, war der Pinsel, der an meinem Auge herumpinselte, und das zweite war der Mompf, der mich gemacht hat, und das dritte war ein zweiter Mompf, der daneben saß und zusah. Dann hat mir der erste Mompf ein zweites Auge gemalt, und mit dem konnte ich dann noch besser sehen, weil er es größer gemalt hat als das erste, und dann hat er mir noch zwei Nasenlöcher gemalt, aber nur einen Mund. Ich habe noch lange darauf gewartet, daß ich auch noch einen zweiten Mund bekommen sollte, denn von allem anderen hatte ich doch auch zwei. Aber da wurde nie etwas draus.«
»Alle Leute haben nur einen Mund!« sagte Dorothy.
»Ja, das ist eigentlich wahr«, gab der Vogelscheuch zu, »aber warum?«
Dorothy dachte eine Weile nach.
»Ich glaube, es hat damit zu tun, daß der Mund in der Mitte ist«, sagte sie, aber sie fühlte sich nicht ganz sicher dabei.

»Das wird es bestimmt sein!« sagte der Vogelscheuch fröhlich. »Jedenfalls fand ich es ganz lustig, den beiden zuzusehen, wie sie meine Beine und Arme und alles übrige machten, und als sie dann obendrauf meinen Kopf festmachten und mir noch einen Hut aufsetzten, war ich sehr stolz, denn ich dachte, ich wäre jetzt so gut ein Mensch wie sonst einer. ›Der Bursche da wird den Krähen ganz schön Angst einjagen‹, sagte der eine Mompf. ›Er sieht fast wie ein richtiger Mann aus!‹ – ›Aber ja‹, sagte der andere, ›er ist ein ganzer Mann!‹ Und der Meinung war ich auch. Der Mompf trug mich unterm Arm auf das Kornfeld und steckte mich auf die lange Stange, wo du mich gefunden hast. Und dann sind sie beide weggegangen.

Ich hab das überhaupt nicht gemocht, so allein gelassen zu werden, und so hab ich versucht, ihnen nachzulaufen. Aber meine Füße sind gar nicht bis zum Boden gekommen, und ich war gezwungen, oben auf der Stange zu bleiben. Das war ein einsames Leben. Ich hatte ja auch nicht viel zum Nachdenken, weil ich doch erst vor kurzem auf die Welt gekommen war und gar nichts wußte. Die einzigen, die ich sah, waren die Krähen und die anderen Vögel, die ins Kornfeld fliegen wollten. Aber wenn sie mich sahen, dachten sie, ich sei ein Mompf, und fürchteten sich. Das gefiel mir natürlich, und mir kam vor, daß ich doch immerhin eine wichtige Person sein mußte, wenn ich auch ein einsames Leben führte.

Schließlich kam aber eine alte Krähe daher, schaute mich an – und ich kann dir sagen, plötzlich fühlte ich mich sehr unbedeutend und unwichtig, als mich diese Krähe so ansah. Und dann sagte sie auch noch: ›Dieser Bauer muß uns wohl für ausgemachte Idioten halten! Jede auch nur einigermaßen intelligente

Krähe sieht doch sofort, daß du nur ausgestopft bist und gar nicht von deiner Stange herunterkannst!‹ Und dann hüpfte sie mir vor den Füßen herum und pickte so viele Körner, wie sie wollte. Und dann kamen die anderen dazu und hatten auch keine Angst mehr, und der ganze Schwarm pickte um mich herum, und alle plauderten und lachten, als ob ich gar nicht da wäre.

Das machte mich natürlich ganz schön traurig. Erstens kein richtiger Mann zu sein und dann noch nicht einmal eine gute Vogelscheuche!

Aber dann kam die alte Krähe zu mir und sagte: ›Mach dir nichts draus! Wenn du nur ein bißchen Verstand hättest, dann wärst du ein genauso guter Mann wie irgendeiner und besser als so mancher.‹

Und so habe ich halt die ganze Zeit überlegt, wie ich zu ein bißchen Verstand kommen könnte. Zum Glück bist dann du gekommen und hast mich von der Stange heruntergeholt, so daß ich jetzt mit dir in die Smaragdene Stadt gehen kann. Ich hoffe wirklich sehr, daß mich der Große Oz mit ein wenig Verstand ausstatten kann.«

»Ich hoffe es auch«, sagte Dorothy, »nachdem dir soviel daran liegt!«

»O ja«, sagte der Vogelscheuch, »es ist nämlich ein sehr ungemütliches Gefühl zu wissen, daß man ein Dummkopf ist.«

»Das kann ich verstehen«, sagte Dorothy. »Wollen wir gehen?«

Der Vogelscheuch nahm wieder den Korb, und die drei marschierten weiter.

Es gab bald überhaupt keine Zäune mehr, und das Land war

steinig und unbebaut. Gegen Abend kamen sie in einen großen Wald, wo die Bäume so hoch und so dicht wuchsen, daß ihre Zweige über der Straße aus gelben Ziegeln ein Dach bildeten. Es war fast so dunkel wie in einem Tunnel unter den Bäumen, aber die drei Reisenden hielten nicht an und wanderten in den Wald hinein.

»Wenn diese Straße da hineingeht, muß sie auch wieder herauskommen«, sagte der Vogelscheuch, »und weil die Smaragdene Stadt am Ende dieser Straße liegt, müssen wir der Straße nachgehen, egal, wo sie hingeht!«

»Das hätte aber jeder gewußt!« sagte Dorothy.

»Sicher. Deswegen weiß ich es ja«, antwortete der Vogelscheuch. »Wenn man Verstand brauchen würde, um so etwas auszuknobeln, wäre ich nie daraufgekommen!«

Nach einer Stunde oder so wurde es ganz dunkel, und sie stolperten eigentlich nur mehr durch die Finsternis. Dorothy konnte gar nichts sehen, aber Toto schon, denn Hunde können ganz gut im Dunkeln sehen.

Der Vogelscheuch sagte, er könnte im Finstern genausoviel sehen wie bei Tag, und so nahm Dorothy seinen Arm und ließ sich von ihm führen.

»Wenn du irgendein Haus siehst oder sonst irgendeinen Platz, wo wir diese Nacht verbringen können, dann mußt du es sagen. Denn es ist sehr unangenehm zu wandern, wenn man nichts sieht«, sagte Dorothy.

»Es ist sehr gut, daß du mir das gesagt hast«, sagte der Vogelscheuch, »denn ohne Verstand kann man auf so etwas nicht kommen. Da drüben sehe ich übrigens eine Hütte. Sollen wir es dort versuchen?«

»Ja, sicher«, sagte Dorothy, »ich bin schon müde wie ein Waschlappen!«

Sie ließ sich vom Vogelscheuch zu der Hütte führen, und drinnen fand sie ein Lager aus trockenen Blättern. Dahinein legten sich Dorothy und Toto. Der Vogelscheuch, der niemals müde wurde, stand geduldig in der Ecke und wartete, bis es Morgen wurde.

5. Kapitel

Der Blecherne Holzfäller

Als Dorothy erwachte, schien die Sonne durch die Bäume, und Toto war schon lange draußen und jagte Vögel. Aber der Vogelscheuch stand noch immer geduldig in der Ecke und wartete.

»Wir müssen Wasser suchen«, sagte Dorothy.

»Wozu brauchst du Wasser?« fragte der Vogelscheuch.

»Zum Waschen natürlich, weil man sonst – ähum – nicht gut riecht. Und dann auch zum Trinken, damit mir das trockene Brot nicht im Hals steckenbleibt!«

»Es muß schon unpraktisch sein, wenn man aus Fleisch ist«, sagte der Vogelscheuch nachdenklich, »dann muß man schlafen und essen und trinken…«

»Und noch einiges andere«, sagte Dorothy, »aber Tante Emily sagt, daß man darüber nicht spricht.«

»…und einiges andere, worüber man nicht spricht«, wiederholte der Vogelscheuch und nickte bedächtig mit dem Kopf. »Aber dafür habt ihr einen Verstand. Es ist sicherlich einige Unannehmlichkeiten wert, wenn man dafür richtig denken kann.«

Sie verließen die Hütte und gingen durch den Wald, bis sie eine Quelle fanden, wo Dorothy trinken und baden und frühstücken konnte. Toto wollte nicht baden, aber sein Frühstück wollte er, und Dorothy sah besorgt, daß nicht mehr viel Brot in dem Korb war. Da war sie schon dankbar dafür, daß der Vogelscheuch nichts zu essen brauchte.

Als sie mit dem Frühstück fertig war und wieder zur Straße zurückwollte, erschreckte sie ein tiefes Stöhnen, das von irgendwo ganz in der Nähe gekommen sein mußte.

»Was war denn das?« fragte sie empört, denn sie mochte es gar nicht, erschreckt zu werden.

»Ich kann es mir nicht vorstellen«, sagte der Vogelscheuch, »ich habe ja keinen Verstand. Aber nachsehen, das könnte ich!«

In dem Moment hörten sie wieder das Stöhnen, und sie gingen in die Richtung, aus der es gekommen war. Dorothy sah durch die Stämme etwas glänzen, lief hin, aber als sie sah, was es war, blieb sie vor Überraschung so schnell stehen, daß der Vogelscheuch in sie hineinrannte und wieder einmal hinfiel.

Einer der großen Bäume war halb durchgehackt, und daneben stand, mit hoch erhobener Axt, ein Mann, der ganz aus Blech

gemacht war. Sein Kopf, seine Arme und seine Beine waren zwar mit Gelenken an ihm befestigt, aber er stand trotzdem ganz unbeweglich da und rührte sich nicht.

Dorothy und der Vogelscheuch standen eine Weile vor Verwunderung fast genauso still wie der Blechmann, nur Toto bellte ihn an und versuchte ihn ins Bein zu beißen, aber das tat nur Totos Zähnen weh.

»Haben *Sie* gestöhnt?« fragte Dorothy schließlich.

»J-, -ch h-b- g-st-hnt«, sagte der Blechmann, und es klang, wie wenn einer spricht, der den Mund nicht aufbringt.

»Können wir Ihnen vielleicht irgendwie helfen?« fragte Dorothy.

»J-, b-tt- schm-r-n!«

»*Was* sagen Sie?«

»B-tt- schm-r-n!«

»Entschuldigen Sie bitte, aber ich verstehe Sie so schlecht. Außerdem ist es sehr unhöflich, wenn man beim Reden nicht den Mund aufmacht. Jedenfalls sagt meine Tante Emily das immer.«

»Vielleicht *kann* er den Mund nicht aufmachen?« sagte der Vogelscheuch. »Er sieht so verrostet aus.«

»Meinst du?« sagte Dorothy. »Dann müßte man ihn schmieren. Mein Onkel Henry schmiert auch immer alle eisernen Werkzeuge, damit sie nicht verrosten.«

»J-, j-, b-tt- schm-r-n!« krächzte der Blechmann.

»Er klingt wirklich wie eine rostige Türangel«, sagte Dorothy. »Wenn ich nur wüßte, wo ich hier Schmieröl herkriegen soll!«

»-n m-n-r H-tt- -st Schm-r-l!« krächzte der Blechmann.

»Ich habe ja leider keinen Verstand«, sagte der Vogelscheuch, »aber könnte es nicht sein, daß er gesagt hat: ›In meiner Hütte ist Schmieröl‹ oder so ähnlich?«
Der Blechmann machte zustimmende Geräusche.
»Ja, aber wenn man nur wüßte, wo seine Hütte ist!« sagte Dorothy.
»Ich habe weit und breit keine Hütte gesehen als die, in der du geschlafen hast«, sagte der Vogelscheuch.
»Ja natürlich!« rief Dorothy erleichtert. »Für einen Vogelscheuch ohne Verstand hast du das gut herausgekriegt!«
»Ach ja«, seufzte der Vogelscheuch, »das war sicher etwas ganz Leichtes. Wie hätte es jemand wie ich sonst herauskriegen können.«
Dorothy lief schnell zu der Hütte zurück, suchte ein bißchen herum und fand bald das Ölkännchen auf einem Wandbrett.
»Wo sollen wir denn anfangen mit dem Schmieren?« fragte sie den Vogelscheuch, als sie zurückkam.

»Vielleicht da, wo er spricht«, sagte der Vogelscheuch. »Dann kann er uns den Rest selber sagen!«
Also ölte Dorothy dem Blechmann erst einmal die Kiefergelenke, damit er den Mund ordentlich auf- und zuklappen konnte.
»Oh, danke!« seufzte der Blechmann. »Seit einem Jahr stehe ich hier schon herum und kann mich nicht bewegen. Und mit jedem Regen ist es ärger geworden. Obwohl – weniger als gar nicht bewegen geht eigentlich nicht. Jetzt bitte den Hals, und dann die Schultern, die Ellenbogen und die Fingergelenke. Den Rest kann ich dann schon selber machen.«
Also ölte Dorothy den Blechmann überall, wo er Gelenke hatte, und der Vogelscheuch drehte ihm vorsichtig die Arme und Finger hin und her, bis er sie selber bewegen konnte. Dann lehnte der Blechmann erleichtert die Axt an den Baum, nahm Dorothy das Ölkännchen aus der Hand und ölte sich selber bis hinunter zu den Zehenspitzen. Danach machte er ein paar Turnübungen, um zu sehen, ob er wieder funktionierte. Am Anfang quietschte er noch ein bißchen, aber bald turnte er wieder wie geschmiert. Und das war er ja auch.
»Ich hätte hier bis in alle Ewigkeit stehen können, wenn ihr nicht gekommen wärt«, stöhnte er, »oder zumindest, bis ich zu kleinen Krümeln verrostet wäre. Sonst öle ich mich jeden Morgen, und das hält dann bis zum Abend vor, aber einmal habe ich es vergessen, und ausgerechnet an dem Tag ist ein fürchterlicher Platzregen gekommen, und ich bin so schnell eingerostet, daß ich nicht mehr wegkonnte. Es war wirklich Rettung in letzter Minute, und ich bin euch sehr

dankbar. Wenn ich irgend etwas für euch tun könnte, würde ich mich freuen. Wer seid ihr überhaupt, und wo kommt ihr her?«

»Wir sind auf der Reise in die Smaragdene Stadt, weil wir den Großen Oz etwas fragen wollen«, sagte Dorothy, »und wir haben in Ihrer Hütte geschlafen.«

»Ach, können wir uns nicht du sagen?« sagte der Blechmann. »Ich finde es viel herzlicher, du zu sagen.«

»Oh, bitte gerne«, sagte Dorothy. »Ich heiße Dorothy!«

»Und ich heiße Hans Hacker, aber alle nennen mich nur den Blechernen Holzfäller.«

»Das tun sie wahrscheinlich, weil du das Holz fällst und aus Blech gemacht bist«, sagte der Vogelscheuch nachdenklich.

»Ja natürlich!« sagte der Blecherne Holzfäller.

»Ich wollte nur sichergehen«, meinte der Vogelscheuch, »denn wenn man keinen Verstand hat, kann man sich leicht irren!«

»Und was wollt ihr vom Großen Oz?« wollte der Blecherne Holzfäller wissen.

»Ich will ihn fragen, wie ich wieder nach Kansas zurückkomme«, sagte Dorothy, »und der Vogelscheuch will ihn bitten, ob er ihm nicht etwas Verstand geben kann, weil der Bauer, der ihn gemacht hat, ihm nur Stroh in den Kopf gegeben hat.«

»Ist denn der Große Oz so mächtig?« fragte der Blecherne Holzfäller.

»Das weiß ich nicht«, sagte Dorothy, »aber die Nordhexe hat gesagt, er ist der einzige, der mir helfen kann.«

»Meinst du, ich könnte den Großen Oz fragen, ob er mir ein Herz geben kann?« fragte der Blecherne Holzfäller. »Ich habe nämlich keins.«

»Och, wenn er dem Vogelscheuch Verstand geben kann, dann kann er dir auch ein Herz geben.«
»Und wenn nicht, dann bist du jedenfalls nicht schlechter dran als jetzt«, sagte der Vogelscheuch.
»Das ist wahr«, sagte der Blecherne Holzfäller. »Wenn es euch also nichts ausmacht, dann würde ich gern mit euch gehen.«
»Aber bitte!« sagte Dorothy höflich.
»Klar, komm mit!« sagte der Vogelscheuch fröhlich.
Nur Toto sagte nichts, denn er war gerade damit beschäftigt, seinem eigenen Schwanz nachzujagen.
Also schulterte der Blecherne Holzfäller seine Axt, nahm das Ölkännchen in die Hand, und sie machten sich auf den Weg.
Und es war ein Glück, daß der Holzfäller mitkam, denn bald gelangten die vier in eine Gegend, wo der Wald die gelbgepflasterte Straße zugewachsen hatte. Aber der Blecherne Holzfäller nahm seine Axt und hackte den Weg für sie frei.
Als sie aus dem Dickicht wieder heraußen waren und die Straße frei vor ihnen lag, sagte Dorothy zu dem Blechernen Holzfäller: »Darf ich dir eine persönliche Frage stellen?«

»Aber sicher, warum denn nicht?« sagte der Holzfäller.
»Meine Tante Emily sagt, es ist unhöflich, persönliche Fragen zu stellen. Obwohl, in der Prärie, wo ich herkomme, gibt es sowieso niemanden, dem man persönliche Fragen stellen könnte. Ich wollte nur wissen, warum du kein Herz hast.«
»Das ist eine lange Geschichte. Aber ich kann sie euch erzählen, damit uns der Weg nicht so lang wird.«
»O ja«, sagte der Vogelscheuch, »und vielleicht kann man daraus etwas lernen. Obwohl es sich fragt«, setzte er zweifelnd hinzu, »ob man etwas lernen kann, wenn man keinen Verstand hat.«
Und der Blecherne Holzfäller erzählte seine Geschichte:
»Früher war ich kein Blecherner Holzfäller, sondern ein ganz gewöhnlicher Holzfäller. Mein Vater war schon Holzfäller, und mein Großvater war Holzfäller, und vielleicht waren alle anderen vor ihnen auch Holzfäller. Und sie haben immer in diesem Wald gelebt. Als meine Eltern gestorben waren und ich ganz allein in meiner Hütte lebte, da wollte ich heiraten. Das heißt, ich wollte es erst, als ich mich verliebt hatte. Das Mädchen, das ich liebte, lebte in einem Dorf am Waldrand, und das war ein Glück, denn wenn sie weiter weg gewohnt hätte, hätte ich sie nie kennengelernt. Sie wollte mich auch heiraten, aber sie lebte bei einer alten Verwandten, die sie nicht weglassen wollte. Die alte Frau ließ das Mädchen nämlich schwer für sich arbeiten, dafür, daß sie bei ihr wohnen durfte, und wenn sie mich geheiratet hätte, dann hätte die alte Frau wieder selber waschen und kochen und Wasser schleppen müssen. So ist die alte Frau zu der bösen Osthexe gegangen und hat ihr zwei Schafe und eine Kuh versprochen, wenn sie die Heirat verhinderte. Da hat die Osthexe meine Axt verzaubert. Eines Tages wollte ich einen großen Baum fällen,

und das sollte der erste Baum für unser neues Haus werden. Denn ich hatte meiner Braut versprochen, daß ich ein größeres Haus für uns bauen wollte. Aber die verzauberte Axt ist statt in den Baum in mein rechtes Bein gefahren und hat es abgehackt.

Da habe ich mir vom Schmied ein neues Bein aus Blech machen lassen. Das Bein war gar nicht so schlecht, und ich ging wieder Holz hacken. Da ist die Axt wieder ausgerutscht und hat mir auch noch das andere Bein abgehackt. Also habe ich mir noch ein zweites Bein aus Blech machen lassen und bin wieder zum Holzfällen gegangen, denn ich wollte für meine Liebste ein schönes Haus bauen. Da ist mir die Axt in den linken Arm gefahren und hat ihn abgehackt, und dann in den rechten Arm, und ich mußte mir vom Schmied zwei Blecharme machen lassen. Ich war hartnäckig, aber die Hexe war auch hartnäckig, und eines Tages hat mir die Axt den Kopf abgehackt. ›Das war's jetzt‹, habe ich gedacht, ›jetzt ist es aus mit mir.‹ Aber zufällig ist der Schmied vorbeigekommen und hat mir einen Kopf aus Blech gemacht und ihn an meinen Hals angenietet. Da war ich froh und dachte mir: ›Die Liebe kann auch den stärksten Zauber besiegen!‹ Aber die Hexe war doch schlauer als ich. Als ich wieder in den Wald ging, um Bäume für unser Haus zu fällen, rutschte die Axt aus und hackte mich mitten durch die Brust in zwei Hälften. Zum Glück war der Schmied in der Nähe, hat mich gefunden und mir einen neuen Körper gemacht. Daran hat er die Arme, die Beine und den Kopf mit guten Scharnieren befestigt, damit ich sie auch bewegen konnte. Nur leider hat er vergessen, mir ein Herz zu machen, und so konnte ich nicht mehr lieben, und die Hexe hatte gewonnen. Denn ohne Liebe wollte ich das Mädchen nicht heiraten. Die alte Frau ist nach einigen Jahren gestorben, und das Mädchen hat, glaube ich, einen anderen geheiratet. Wenn ich ein Herz hätte, wäre ich darüber sehr traurig.«

Dorothy fand die Geschichte auch sehr traurig, wenn sie sie auch fast nicht glauben konnte. Aber in einem Land wie Oz, dachte sie, war wohl alles möglich. »Vielleicht ist es gut, daß du nicht traurig sein kannst«, sagte der Vogelscheuch. »Mir kommt vor, daß Traurigsein etwas sehr Unangenehmes ist, obwohl ich mir nicht ganz sicher bin, weil ich ja keinen Verstand habe.«

»Als ich verliebt war, war ich der glücklichste Mann der Welt, und darum möchte ich gern wieder ein Herz haben, weil Glücklichsein das Schönste ist, was es gibt. Und es ist sogar wert, daß man ab und zu ein bißchen traurig ist dafür.«

»Wenn ich Verstand hätte«, sagte der Vogelscheuch, »dann würde ich vielleicht sagen, daß du recht hast.«

Dorothy sagte nicht viel. Eine Weile dachte sie darüber nach, was wohl wichtiger war, ein Verstand oder ein Herz. Aber dann spürte sie, daß sie hungrig wurde, und sie mußte an das wenige Brot denken, das noch übrig war. Und wenn man weder aus Stroh noch aus Blech war, dann mußte man etwas essen, sonst würden einen sowohl der Verstand als auch das Herz bald im Stich lassen.

6. KAPITEL

Der Ängstliche Löwe

Dorothy und ihre Gefährten wanderten und wanderten die gelbgepflasterte Straße entlang. Allerdings war von dem gelben Pflaster immer weniger zu sehen; die Steine waren zerbröckelt, von Moos und Ranken überwuchert, und manchmal fehlten sie über lange Strecken ganz. Dorothy hatte das Gefühl, daß schon hundert Jahre lang niemand mehr über diese Straße gewandert sein konnte. Der Wald zu beiden Seiten der Straße wurde immer dichter und dunkler, und aus dem Dickicht waren seltsame Geräusche zu hören.

»Hört ihr auch diese seltsamen Geräusche?« fragte Dorothy ihre beiden neuen Gefährten zaghaft.
»Ja, ich kann sie gut hören!« sagte der Vogelscheuch fröhlich, während er gerade wieder in ein Loch fiel.
»Machen sie dir nicht angst?« fragte Dorothy, während sie ihn wieder auf die Füße stellte.
»Oh, sind seltsame Geräusche etwas, wovor man Angst haben muß? Das habe ich nicht gewußt.«
»Die Geräusche nicht, aber wenn da Geräusche sind, dann muß etwas diese Geräusche machen, und wenn man nicht weiß, was diese Geräusche macht, dann könnte das auch etwas Gefährliches sein.«
»Oh, ich verstehe«, sagte der Vogelscheuch munter, »das heißt, ich hoffe es wenigstens. Aber wenn man nicht weiß, was die Geräusche macht, dann kann es doch auch etwas Ungefährliches sein, und dann hat man ganz umsonst Angst gehabt? Oder glaube ich das nur, weil ich keinen Verstand habe?«
»Es könnten wilde Tiere sein«, sagte Dorothy.
»Ich fürchte mich nicht«, sagte der Blecherne Holzfäller. »Solange ich mein Ölkännchen bei mir habe, kann mir nicht viel passieren, die wilden Tiere würden sich an mir die Zähne ausbeißen. Und dem Vogelscheuch können wilde Tiere auch nichts anhaben, weil es ihm nicht weh tut, wenn sie ihn beißen. Und du«, sagte er zu Dorothy, »du hast ja den Hexenkuß auf der Wange, der beschützt dich.«
»Oh, ist er noch da? Ich hätte mich vielleicht nicht waschen sollen?«
»Er ist noch da«, beruhigte sie der Blecherne Holzfäller. »Hexenlippenstift geht wohl nicht so leicht abzuwaschen.«

»Ja, aber was ist mit Toto, was beschützt ihn?«
»Toto, den müssen *wir* eben schützen!« sagte der Blecherne Holzfäller tapfer.
Genau in diesem Moment sprang etwas Riesiges, Gelbes aus dem Wald, stellte sich auf der Straße vor ihnen auf und riß das Maul auf. Es war ein Löwe.
»Rrroaaarrr!« brüllte der Löwe mit gesträubter Mähne und fletschte die gewaltigen Zähne.
»He, was soll das!« rief der Blecherne Holzfäller und ging mit erhobener Axt auf den Löwen zu.
»Es macht seltsame Geräusche«, sagte der Vogelscheuch. »Ist es ein wildes Tier?« In diesem Augenblick stürzte Toto wild bellend auf den Löwen zu.
»Toto!« schrie Dorothy auf und rannte ihm nach. Vor lauter Angst, daß der Löwe ihrem Hund etwas tun könnte, überholte sie den kläffenden Toto und haute dem Löwen ihren Henkelkorb auf die Nase.
»Au!« sagte der Löwe und setzte sich auf die Hinterpfoten. »Hilfe«, sagte der Löwe. Und dann drehte er den Kopf zu Toto, der ihn kläffend umkreiste, und sagte: »Bitte, nehmt dieses schwarze, laute Ding da weg, es macht mir angst.«
»Trau dich ja nicht, ihn zu beißen!« schimpfte Dorothy.
»Ich hab es ja nicht gebissen«, sagte der Löwe kleinlaut. »Ich glaube, es will *mich* beißen.«
»Aber du *wolltest* ihn beißen!« sagte Dorothy. »Du bist nichts als ein riesiger Feigling!«
»Ich weiß«, sagte der Löwe und ließ den Kopf hängen. »Ich war immer schon ein Feigling. Ist es nicht schrecklich? Und da kommen noch mehr seltsame Gestalten, die mir angst machen.« Und

er schaute ängstlich nach dem Vogelscheuch und dem Blechernen Holzfäller, die gerade herankamen.
»Ach, das sind der Vogelscheuch und der Blecherne Holzfäller«, sagte Dorothy, die schon wieder milder gestimmt war. »Der Vogelscheuch ist mit Stroh ausgestopft, und der Holzfäller ist aus Blech, weil er sich nach und nach selbst abgehackt hat.«
»Und das Schwarze da?«
»Das ist doch bloß Toto, mein kleiner Hund.«
»Ist er ausgestopft oder aus Blech?«
»Nein, er ist – äh – aus Fleisch.«
»Er ist eigentlich ein sehr kleines Tier«, sagte der Löwe schamvoll. »Niemand würde auf die Idee kommen, so ein kleines Tier zu beißen, außer einem Feigling wie ich.«
»Und wieso bist du ein Feigling?«
»Das ist wirklich ein Rätsel«, seufzte der Löwe. »Wahrscheinlich bin ich so geboren. Alle anderen Tiere im Wald glauben natürlich, daß ich mutig und böse bin. Ich meine, der Löwe sollte ja der König der Tiere sein. Sonst genügt es immer, wenn ich laut brülle, dann rennen alle vor mir davon und fürchten sich, und so hat bis jetzt noch niemand gemerkt, was ich in Wirklichkeit für ein Feigling bin. Aber ich selber weiß es, und das finde ich sehr bedrückend.«
»Aber du hast wenigstens Verstand«, sagte da der Vogelscheuch. »Wenn man keinen Verstand hat, so wie ich, dann weiß man nicht einmal, ob man mutig ist oder ein Feigling.«
»Aber ich bin nicht gern ein Feigling«, sagte der Löwe und wischte sich mit der Schwanzspitze eine Träne ab. »Immer, wenn ich seltsame Geräusche höre, dann fängt schon mein Herz wie wild zu klopfen an, und das ist gar nicht angenehm!«

»Aber immerhin hast du ein Herz«, sagte der Blecherne Holzfäller, »ich wollte, ich hätte ein Herz, das zu klopfen anfängt, wenn ich seltsame Geräusche höre.«
»Vielleicht, wenn ich kein Herz hätte, wäre ich auch kein Feigling«, seufzte der Löwe.
»Ja, aber du könntest auch niemand liebhaben!« sagte der Blecherne Holzfäller. »Du solltest froh sein, daß du eins hast. Ich gehe in die Smaragdene Stadt zum Großen Oz, damit er mir ein Herz gibt.«
»Und ich werde den Großen Oz bitten, daß er mir einen Verstand gibt«, sagte der Vogelscheuch.
»Und ich«, sagte Dorothy, »gehe zum Großen Oz, damit er mir sagt, wie Toto und ich wieder heim nach Kansas kommen können.«
»Meint ihr, daß ich vom Großen Oz etwas Mut bekommen könnte?« fragte der Löwe.
»Das kann schon sein«, sagte der Blecherne Holzfäller. »Wenn er mir ein Herz geben kann...«
»Und wenn er mir Verstand geben kann...«, sagte der Vogelscheuch.
»Und wenn er uns nach Kansas schicken kann...«, sagte Dorothy.
»Dann kann er dir auch Mut geben«, schloß der Vogelscheuch. »Und wenn nicht, dann bist du jedenfalls nicht schlechter dran als jetzt.«
»Das ist wahr«, sagte der Löwe. »Dann möchte ich euch gerne bitten, daß ich mit euch kommen darf.«
»Aber bitte«, sagte Dorothy. »Das wäre sogar sehr gut, weil du uns die anderen wilden Tiere vom Leib halten könntest.«

»Ja, du kannst gut seltsame Geräusche machen«, sagte der Vogelscheuch, »und anscheinend wissen alle außer mir, daß seltsame Geräusche etwas sind, wovor man sich fürchten muß. Oder aber«, fügte er nachdenklich hinzu, »sie sind noch ängstlicher als du!«

Und so machte sich die kleine Gesellschaft wieder auf den Weg, und der Löwe ging mit stolzem Schritt an Dorothys Seite und blickte immer wieder königlich um sich her. Nur hin und wieder zuckte er zusammen, wenn Toto ihm zwischen die Beine geriet, aber so, daß man es fast nicht merkte.

Für den Rest des Tages gab es keine Abenteuer mehr, die die friedliche Wanderung hätten stören können. Nur der Blecherne Holzfäller trat einmal auf einen kleinen Käfer und zerdrückte ihn. »O weh«, sagte er, »der arme kleine Käfer, er hat mir doch gar nichts getan«, und Tränen rollten ihm die blechernen Wangen herunter. Dorothy ließ ihn eine Weile weinen, denn sie konnte es auch nicht leiden, wenn Tante Emily immer gleich sagte: »Aber heul doch nicht, so schlimm ist es doch gar nicht.« Wenn sie traurig war, wollte sie immer zuerst eine Weile weinen dürfen, bevor sie getröstet werden wollte. Als sie glaubte, daß es jetzt an der Zeit war, sagte sie: »Du hast es ja nicht absichtlich getan!«

Aber der Blecherne Holzfäller konnte nicht antworten. Er schaute einen Moment lang erschrocken, und dann begann er verzweifelt Zeichen zu machen. Dorothy war ratlos, und der Löwe wußte auch nicht, was er davon halten sollte.

Aber der Vogelscheuch sagte plötzlich: »Er braucht das Ölkännchen. Die Tränen haben ihm die Kiefer einrosten lassen!«

»Oje«, sagte Dorothy. »Wahrscheinlich hat er es niedergestellt, wie er gegen den Löwen kämpfen wollte. Jetzt müssen wir zurück und es holen.«

»Nein, nein, ich habe es aufgehoben und eingesteckt.« Und der Vogelscheuch zog das Ölkännchen aus der Tasche seines blauen Rocks.

»Gut, daß du daran gedacht hast!« sagte Dorothy, während der Vogelscheuch dem Blechernen Holzfäller die Kiefer ölte.

»Ach, das hätte jeder gekonnt«, sagte der Vogelscheuch. »Zum richtigen Denken braucht man Verstand.«

»Ich muß schrecklich aufpassen, daß ich nichts Schlimmes anstelle«, sagte der Blecherne Holzfäller, als er wieder reden konnte. »Wenn man ein Herz hat, tut man ganz von selber niemandem weh, aber ich muß da besonders vorsichtig sein. Ich würde es gar nicht gut finden, wenn irgendwer durch mich zu Schaden kommt, nur weil ich kein Herz habe. Und außerdem müßte ich dann wieder weinen, und dann würden meine Kiefer einrosten.«

Und sie gingen weiter.

7. Kapitel

Die Grauenhaften Kalidahs

Diesmal mußten sie im Freien übernachten, weil weit und breit kein Haus zu finden war. Sie fanden einen großen Baum, der sie halbwegs vor dem Nachttau schützen konnte, und der Blecherne Holzfäller sammelte Reisig und Äste, damit sie Feuer machen konnten. Dorothy schaute in den Korb, aber da war nicht mehr sehr viel Brot übrig.

»Soll ich in den Wald gehen und ein Reh erlegen?« fragte der

Löwe. »Du könntest es auf diesem Feuer braten. Oder ißt du auch rohe Rehe?«

»Ach, muß das sein?« schluckte der Blecherne Holzfäller. »Ich glaube, ich könnte das nicht ertragen, wenn du so ein armes Reh umbringst. Ich müßte gleich wieder weinen, und dann roste ich wieder.«

»Ich glaube, es geht auch so«, sagte Dorothy. »Mir täte das Reh auch leid. Obwohl – zu Hause in Kansas essen wir auch die Schweine, die Onkel Henry schlachtet. Und Tante Emily macht sehr gute Würste daraus. Aber von mir aus brauchst du kein Reh zu erlegen.«

»Gott sei Dank«, seufzte der Löwe erleichtert. »Es wäre nämlich das erste Mal gewesen. Ich habe noch nie ein Reh erlegt. Noch nicht einmal eine Maus.«

»Ja, aber was ißt du dann?« fragte Dorothy erstaunt.

Der Löwe senkte beschämt den Kopf. »Nüsse«, sagte er leise. »Ich bin sicher der einzige Löwe auf der ganzen Welt, der sich von Nüssen ernährt.«

»Nüsse?« Der Vogelscheuch wurde plötzlich lebhaft. »Kann

man Nüsse essen? Das habe ich bisher nicht gewußt.« Und er schnappte sich Dorothys Henkelkorb und stolperte davon. Nach einer Weile kam er zurück, den Korb voller Nüsse. »Die wachsen doch hier überall auf den Bäumen und fallen ganz von selber herunter. Wenn ich gewußt hätte, daß ihr die essen könnt, hätte ich gleich welche mitgenommen. Ich habe nur etwas Mühe gehabt, sie aufzuheben, weil meine Hände mit Stroh ausgestopft sind und meine Finger so schlappern.«

So teilten sich Dorothy, Toto und der Löwe das letzte Brot, und dann saßen sie um das Feuer, und der Blecherne Holzfäller schlug mit seiner Axt für Dorothy Nüsse auf. Der Löwe konnte sie sich selber aufbeißen, und Toto hatte sich den Trick bald von ihm abgeschaut. Nur der Vogelscheuch setzte sich etwas abseits, damit ihn keine Funken erwischten.

Dann legten sich Dorothy, der Löwe und Toto schlafen, eng aneinandergekuschelt. Der Vogelscheuch scharrte noch einen Haufen trockener Blätter zusammen und deckte sie damit zu, damit sie es warm hatten. Die drei schliefen tief und fest bis zum Morgen, während der Vogelscheuch und der Blecherne Holzfäller sich leise über die Vorteile von Herzen und Hirnen unterhielten.

Am Morgen wusch sich Dorothy am nächsten Bach, der Löwe schleckte sich das Fell sauber – ›genauso wie die Katzen zu Hause in Kansas‹, dachte Dorothy –, und der Blecherne Holzfäller schmierte seine Gelenke.

Dann zogen sie weiter.

Sie waren noch nicht länger als eine Stunde gewandert, als sie an eine Stelle kamen, wo die Straße plötzlich von einem tiefen Graben unterbrochen war. Es standen zwar noch die Reste einer steinernen Brücke da, aber die mußte schon vor vielen Jahren eingestürzt sein. Der Vogelscheuch, als der Leichteste, kroch vorsichtig bis an die abgebrochene Kante und schaute hinunter.

»Es ist ziemlich tief«, sagte er, »sogar ungeheuerlich tief. Und die Wände sind ziemlich steil.«

»Was tun wir denn jetzt?« sagte Dorothy verzweifelt.

»Ich weiß auch nicht«, sagte der Blecherne Holzfäller.

Und der Löwe schüttelte ratlos seine Mähne.

Der Vogelscheuch hielt seinen Kopf schief, und nach einer Weile sagte er: »Fliegen können wir nicht, soviel ist sicher. Hinunterklettern und wieder hinaufklettern können wir auch nicht. Wenn wir also nicht drüberspringen können, müssen wir bleiben, wo wir sind.«

»Springen«, sagte der Löwe, »das kann ich. Das heißt, ich sollte es können. Ich hab es mich nur noch nie getraut.«

»Dann ist ja alles in Ordnung«, sagte der Vogelscheuch. »Du trägst uns auf deinem Rücken hinüber! Einen nach dem anderen!«

»Na schön«, sagte der Löwe leise, »ich werd's versuchen. Wer will zuerst?«

»Ich«, sagte der Vogelscheuch, »denn wenn sich herausstellt, daß du nicht weit genug springen kannst, dann würde Dorothy sich zu Tode fallen, und der Blecherne Holzfäller würde zumindest arg verbeult werden. Mir macht es nicht soviel, wenn ich hinunterfalle.«

»Aber mir!« sagte der Löwe kleinlaut. Doch dann schüttelte er sich und sagte: »Also los, wir versuchen's.«

Der Vogelscheuch setzte sich dem Löwen auf den Rücken, und der ging zum Rand des Abgrunds und kauerte sich hin. »Warum nimmst du keinen Anlauf?« fragte der Vogelscheuch.
»Weil das nicht die Art ist, wie wir Löwen diese Dinge tun!« antwortete der Löwe. Dann machte er einen mächtigen Satz, schoß durch die Luft und war drüben.
»Bravo!« schrien Dorothy und der Blecherne Holzfäller, und Toto bellte aufgeregt dem Löwen nach. Der Vogelscheuch stieg ab, und der Löwe sprang zurück.
Als nächste kam Dorothy an die Reihe. Sie nahm Toto auf den Arm und setzte sich auf den Löwen. »Halt dich an meiner Mähne fest!« sagte der noch, und dann flogen sie durch die Luft. Und bevor sie noch denken konnte: ›Es ist schon schön, aber doch auch irgendwie zum Fürchten‹, waren sie schon drüben.
Der Löwe sprang noch einmal zurück und holte auch noch den Blechernen Holzfäller. Und dann begann er fürchterlich zu zittern.
»Es war schon ein entsetzlich tiefer Graben«, sagte er und schluckte ein paarmal. »Ich habe furchtbare Angst gehabt vor dem Springen.« Dann schniefte er und wischte sich mit der Pfote über die Augen. Und als sie weitergingen, murmelte er immer wieder vor sich hin: »Was bin ich nur für ein entsetzlich ängstlicher Löwe.«
Der Wald war noch immer dicht und unheimlich auf der anderen Seite des Grabens, und Dorothy begann sich zu fragen, ob er vielleicht genauso groß wäre wie die große graue Prärie zu Hause in Kansas. Dann hätten sie nämlich noch Wochen gebraucht, um ihn zu durchqueren. Und zu allem Überfluß waren

schon wieder seltsame Geräusche aus dem Wald zu hören, vielleicht noch seltsamere, als sie bisher schon gehört hatten.
»Ja, richtig«, flüsterte der Löwe, »ich muß euch sagen, daß das hier die Gegend ist, wo die Grauenhaften Kalidahs zu Hause sind.«
»Was sind Grauenhafte Kalidahs?« fragte Dorothy vorsichtig.
»Es klingt, als ob es keine sehr angenehmen Wesen wären«, sagte der Vogelscheuch.
»Es sind schrecklich unangenehme Wesen.« Der Löwe kriegte schon wieder eine zittrige Stimme. »Sie sind so groß und schwer wie Nashörner, haben Stacheln statt einem Fell und lange Stoßzähne wie Elefanten und Krallen, die so lang und scharf sind wie Messer. Ich habe schreckliche Angst vor den Grauenhaften Kalidahs.«
»Das wundert mich nicht«, sagte Dorothy, und ihre Stimme zitterte auch ein ganz klein wenig.
Der Löwe wollte gerade etwas sagen, da merkten sie, daß sie schon wieder vor einem tiefen Graben standen. Und dieser war so breit, daß der Löwe nicht hinüberspringen konnte. Von einer Brücke war weit und breit nichts zu sehen.
Ratlos standen sie alle am Rand des Grabens und starrten in die Tiefe. Nur der Vogelscheuch setzte sich hin, schlug ein Bein über das andere und stützte seinen Strohkopf in die Hand.
»Ich glaube, wir stecken ganz schön tief in der Tinte«, sagte der Blecherne Holzfäller.
»Ich weiß nicht, ob es eine gute Idee ist«, sagte der Vogelscheuch, »denn dazu müßte ich Verstand haben, um das zu beurteilen. Aber mir kommt vor, wenn du diesen Baum da umhauen wür-

dest, dann würde er genau über den Graben fallen, und wir könnten darübergehen.«

»Das ist gar keine schlechte Idee«, sagte der Löwe. »Bist du sicher, daß du nur Stroh im Kopf hast?«

»Ja, leider«, sagte der Vogelscheuch fröhlich.

Der Blecherne Holzfäller machte sich sofort an die Arbeit, und als er den Baum fast durchgehackt hatte, stemmte sich der Löwe mit seinen Vorderpfoten dagegen, und langsam neigte sich der Baum, und dann fiel er mit einem gewaltigen Krach und genau so, daß er quer über dem Graben zu liegen kam.

Toto lief als erster über die Brücke, und die anderen folgten ihm vorsichtig balancierend, als sie ein fürchterliches Brüllen hörten. Dorothy wandte sich um und sah zwei entsetzliche Bestien auf der Straße heranstürmen. Sie waren so groß wie Nashörner, hatten Stacheln statt einem Fell, gewaltige Stoßzähne und wahrscheinlich auch Krallen so lang und scharf wie Messer, obwohl sie das nicht so genau sehen konnte.

»Grauenhafte Kalidahs!« krächzte der Löwe und begann zu zittern.

»Schnell, rennt rüber!« schrie der Vogelscheuch. Und alle rannten über die Baumstammbrücke, als ob sie es im Zirkus gelernt hätten, nur der Löwe drehte sich um und brüllte den Grauenhaften Kalidahs sein schrecklichstes Löwengebrüll entgegen. Die waren davon so überrascht, daß sie kurz stehenblieben und den Löwen dumm anschauten. Der drehte sich um und rannte den anderen nach. Da erinnerten sich die Kalidahs anscheinend daran, daß sie eigentlich größer und stärker waren als der Löwe und außerdem zu zweit, und sie stürmten weiter. Aber vor der Baumstammbrücke machten sie halt und schnüffelten daran herum.

»Wenn sie nicht über Baumstämme klettern können«, sagte der Vogelscheuch am anderen Ufer, »dann sind wir wahrscheinlich gerettet. Jedenfalls kommt es mir so vor.«
»Und wenn sie klettern können?« fragte Dorothy.
»Dann werde ich«, stammelte der Löwe, »dann werde ich euch ver-verteidigen! Und ihr könnt inzwischen davon-davonlaufen.« Damit stellte er sich drohend am Ende der Baumstammbrücke auf und sträubte seine Mähne.
Da setzte schon das erste Kalidah seinen Fuß auf den Baumstamm, krallte sich mit seinen messerscharfen Klauen fest und begann über den Stamm zu klettern. Dabei knurrte und schnaubte es furchterregend.
»Könnte nicht der Holzfäller das Ende vom Baum hier abhakken?« sagte der Vogelscheuch nachdenklich. »Mir kommt vor, daß der Baum dann in den Graben fallen würde.«
So schnell hatte der Blecherne Holzfäller noch nie einen Baum durchgehackt wie dieses Mal. Aber wenn der Löwe nicht mit einem schrecklichen Brüllen die zwei Kalidahs noch einmal für einen Moment zum Stehen gebracht hätte, dann wäre der Holzfäller vielleicht nicht rechtzeitig fertig geworden mit dem Hacken. So aber fiel der Baum mit gewaltigem Getöse in die Schlucht, und die beiden Grauenhaften Kalidahs mit ihm. Die fünf sahen noch, wie die beiden sich unten aufrappelten und knurrend und schnaubend versuchten, die Wand hochzuklettern, aber die war zum Glück zu steil, sogar für Grauenhafte Kalidahs.
»Sie hätten uns sicher zerfleischt mit ihren messerscharfen Krallen«, stöhnte der Löwe und zitterte so stark, daß die Schweißtropfen nach allen Seiten wegstoben. »Ich wäre gar nicht gern tot

gewesen.« Der Löwe legte sich erschöpft ins Gras, um sich von seinem Schrecken zu erholen, und Toto kam und leckte ihm die Schnauze. Dann zogen sie weiter.

Nach diesem Abenteuer wollten die Wanderer so schnell wie möglich aus dem Wald hinauskommen. Sie marschierten so schnell, daß Dorothy bald nicht mehr konnte. Da ließ der Löwe sie auf seinem Rücken reiten. Mit der Zeit wurde der Wald lichter, und am Nachmittag kamen sie an einen großen Fluß. Auf der anderen Seite des Flusses konnten sie Blumenwiesen und Obstbäume sehen, und sie waren alle sehr erleichtert, daß der Wald nun ein Ende hatte. Nur – wie sollten sie über den Fluß kommen?

Der Vogelscheuch starrte in das Wasser.

»Der Holzfäller könnte vielleicht ein paar Bäume fällen und zusammenbinden«, sagte der Vogelscheuch. »Mir kommt vor, daß Bäume im Wasser nicht untergehen, jedenfalls habe ich gerade einen Ast auf dem Wasser schwimmen gesehen, und ein Ast ist ein Stück von einem Baum. Vielleicht könnten wir auf Bäumen hinüberschwimmen?«

»Ein Floß! Natürlich, ich werde ein Floß bauen!« rief der Blecherne Holzfäller und machte sich an die Arbeit. Und während der Holzfäller das Floß baute, fand Dorothy am Ufer einen Baum mit herrlichen Früchten, und das war eine Abwechslung, nachdem sie den ganzen Tag nur von Nüssen gelebt hatten.

Aber ein Floß zu bauen, das dauert seine Zeit, sogar wenn man nie müde wird wie der Blecherne Holzfäller, und als der Abend kam, war das Floß noch nicht fertig. Also legten sich der Löwe, Dorothy und Toto am Ufer schlafen, und der Vogelscheuch half dem Blechernen Holzfäller, so gut er es mit seinen Strohhänden konnte.

8. Kapitel

Das Schlafmohnfeld

Die kleine Reisegesellschaft wachte am nächsten Morgen erfrischt und voller Hoffnung auf. Das heißt, der Blecherne Holzfäller und der Vogelscheuch hatten nicht geschlafen, also konnten sie auch nicht aufwachen. Sie hatten die ganze Nacht an dem Floß gebaut, und das war jetzt auch schon fast fertig. Dorothy pflückte sich ein fürstliches Frühstück von den Pfirsich- und Zwetschkenbäumen am Flußufer. Hinter ihnen lag der finstere Wald, in dem sie so viele Gefahren überstanden hatten, aber vor ihnen lag eine hübsche sonnige Gegend, und Dorothy

freute sich schon darauf, durch diese angenehme Landschaft zu wandern.
Der Blecherne Holzfäller hatte Bäume gefällt und die Äste abgehackt, und der Vogelscheuch hatte im Wald Lianen gesucht. Damit banden die zwei jetzt die Stämme zusammen, und dann konnte die Überfahrt beginnen. Der Blecherne Holzfäller und der Vogelscheuch schoben das Floß ins Wasser und sprangen schnell darauf. Sie hatten sich lange Stangen gemacht, mit denen sie das Floß steuern konnten, indem sie die Stangen auf den Grund stießen. Dorothy setzte sich in die Mitte und hielt Toto fest. Dann stieg der Ängstliche Löwe ein. Das Floß schwankte bedenklich unter seinem Gewicht, aber der Blecherne Holzfäller hielt es geschickt mit seiner Ruderstange im Gleichgewicht. Der Löwe kauerte sich nieder und blickte nervös auf das Wasser rund um ihn. Und jedesmal, wenn das Floß ein bißchen stärker wakkelte, konnte man sehen, wie er zusammenzuckte, obwohl er sich große Mühe gab, sich nichts anmerken zu lassen.
Alles ging gut, so lange, bis sie zur Flußmitte kamen. Dort erfaßte plötzlich eine schnelle Strömung das Floß und jagte es flußabwärts. Und das Wasser war so tief, daß der Blecherne Holzfäller und der Vogelscheuch mit ihren langen Stangen den Grund nicht mehr erreichen konnten.
»Das ist schlimm«, sagte der Blecherne Holzfäller. »Wenn wir nicht ans Ufer kommen, führt uns dieser Fluß schnurstracks ins Land der Westhexe. Und was die mit uns machen wird, das könnt ihr euch vorstellen!«
»Ich nicht«, sagte der Vogelscheuch fröhlich.
»Sie macht alle zu ihren Sklaven, genau wie die Osthexe«, sagte Dorothy düster.

»Ist es schlimm, Sklave zu sein?« fragte der Vogelscheuch.
»Und ob das schlimm ist. Dann mußt du für sie schuften und kannst überhaupt nicht mehr tun, was du willst, weil du ihr dann nämlich gehörst!«
»Und was ist ›gehören‹?« fragte der Vogelscheuch wißbegierig.
»Das heißt, daß du ihr gehörst, so wie dir dein… so wie dir dein…« Dorothy stutzte. »Ach du meine Güte, dir gehört ja gar nichts!«
»Nein, ich glaube nicht«, sagte der Vogelscheuch fröhlich.
»Auf jeden Fall wird sie dir keinen Verstand geben!« sagte der Blecherne Holzfäller brummig. »Weil Sklaven, die Verstand haben, viel zu gefährlich sind.«
»Dann ist es schlimm!« sagte der Vogelscheuch und nickte bedächtig.
»Und mir wird sie kein Herz geben, denn wer ein Herz hat, liebt die Freiheit, und das ist bei Sklaven auch nicht erwünscht. Und daß sie dem Löwen keinen Mut geben wird und Dorothy nicht heim nach Kansas schicken wird, das kannst du dir denken!«
»Ich fürchte, das kann ich nicht«, sagte der Vogelscheuch, »aber mir kommt vor, daß wir auf keinen Fall zu der Westhexe kommen sollten.« Und er versuchte, mit seiner Stange Grund zu finden, und stieß so fest damit ins Wasser, daß sie plötzlich im Schlamm steckenblieb, und bevor er sie noch herausziehen konnte, war das Floß unter ihm weggeschwommen. Jetzt hing er da, an seiner Stange, und der Strom trieb das Floß immer weiter von ihm fort.
Die auf dem Floß waren so erschrocken, daß sie gar nichts taten und nur verzweifelt auf den Vogelscheuch starrten, der sich an

seiner Stange festhielt und schnell in der Ferne immer kleiner wurde. Und was hätten sie auch tun können?

»Lebt wohl!« rief der Vogelscheuch ihnen noch schnell nach, und dann verschwand das Floß in der Ferne.

»Mir kommt vor, daß ich wieder auf einer Stange festsitze«, sagte der Vogelscheuch zu sich selber. »Und hier gibt es nicht einmal Krähen zu verscheuchen, mitten auf dem Fluß. Wenn ich nur einen Verstand hätte, dann würde mir schon etwas einfallen, wie ich hier wieder runterkomme. Aber um einen Verstand zu kriegen, müßte ich erst einmal hier runterkommen.« Und dabei blickte er sich um mit seinem fröhlichen Gesicht – denn ein anderes hatte er ja nicht –, ob er nicht irgend etwas sah, was ihm helfen könnte.

Auf dem Floß waren sie alle sehr erschrocken und traurig über das, was dem Vogelscheuch passiert war.

»Wir müssen irgendwie ans Ufer kommen«, sagte der Ängstliche Löwe.

»Ja, aber wie?« brummte der Blecherne Holzfäller, der mit seiner Stange noch immer vergeblich Grund suchte.

Der Löwe räusperte sich. »Ich... ich glaube, ich könnte vielleicht ans Ufer – äh – schwimmen«, sagte er mit etwas zittriger Stimme. »Und wenn ihr meinen Schwanz festhaltet, dann könnte ich das Floß ans Ufer ziehen.«

Der Löwe holte einmal tief Luft, dann machte er die Augen zu und sprang ins Wasser. Der Blecherne Holzfäller griff schnell nach seinem Schwanz, und der Löwe schwamm mit ganzer Kraft aufs Ufer zu. Es war schwere Arbeit für ihn, obwohl er so groß war, aber nach und nach kamen sie dem Ufer näher, und nach einiger Zeit konnte Dorothy, die sich die Stange des Holzfällers genommen hatte, Grund finden und half mit, das Floß ans Ufer zu stoßen.

»Danke«, sagte Dorothy zu dem Löwen, »du hast uns gerettet.«

Der Löwe zitterte. »Ich bin noch nie geschwommen«, sagte er mit schwacher Stimme. »Ich habe *solche* Angst vor dem Wasser!«

Sie waren alle erschöpft, als sie endlich das Ufer betraten, und es war ihnen klar, daß der Fluß sie weit von der gelben Straße abgetrieben hatte. Es blieb ihnen nichts anderes übrig, als das Flußufer entlang zurückzuwandern. Sie rasteten kurz, und dann machten sie sich auf den Weg.

Es dauerte Stunden, bis sie wieder die Stelle erreichten, wo sie den Vogelscheuch verloren hatten. Aber als sie näher kamen, erschraken sie furchtbar. Die Stange steckte noch mitten im Fluß, aber sie war leer. Der Vogelscheuch war fort.

»Er hat losgelassen und ist ins Wasser gefallen!« rief Dorothy.

»Aber dann hätten wir ihn vorbeitreiben sehen müssen«, sagte der Löwe.

»Vielleicht hat ihn ein Strudel hinuntergezogen«, sagte der Blecherne Holzfäller traurig. »Solche Strudel können sehr gefährlich sein.«

Niedergeschlagen schauten die drei sich an. Und auch Toto spürte, daß etwas nicht in Ordnung war, und schnüffelte leise winselnd in der Gegend herum. Auf einmal begann er zu bellen und zu laufen, und da kam auch schon der Vogelscheuch hinter einem Gebüsch hervor.

»Ich habe Erdbeeren gefunden für dich«, sagte er zu Dorothy. »Mir kommt vor, daß du die essen kannst.«

»Aber wie bist du denn von der Stange heruntergekommen?« rief Dorothy ganz erstaunt.
»Das war ganz einfach«, erklärte der Vogelscheuch. »Als ich da so hing, da kam mir vor, daß ich schon ans Ufer kommen würde, wenn ich nur fliegen könnte. Zufällig ist gerade eine Störchin am Ufer gewesen, die Frösche gefangen hat. Die habe ich gefragt, ob sie mir nicht erklären kann, wie das Fliegen geht.«
»Du willst doch nicht sagen, sie hat dir das Fliegen beigebracht?« sagte Dorothy ungläubig, aber dann fiel ihr ein, daß in einem Land wie Oz wohl alles möglich war.
»Nein, leider nicht. Sie hat mir erklärt, daß Menschen nicht fliegen können, das können nur Störche und Reiher und Amseln und Mücken und Schmetterlinge und Fledermäuse und Enten und Gänse und Bienen und Kolibris und und und... Da ist mir vorgekommen, daß es viel mehr Wesen gibt, die fliegen können, als solche, die es nicht können, und ich habe sie gefragt, ob denn Vogelscheuchen es vielleicht lernen können? Da hat sie gesagt: ›Ach so, eine Vogelscheuche bist du. Da bist du sicher mit Stroh ausgestopft?‹ Und als ich ja sagte, hat sie mich gebeten, ihr etwas Stroh für ihr Nest zu geben, und dafür hat sie mich herübergetragen. Jetzt bin ich nur ein bißchen schlapp, weil ich zuwenig Stroh in mir habe.«
»Wir finden schon Stroh, mit dem wir dich wieder ausstopfen können«, sagte Dorothy. »Es ist gut, daß du kein Mensch bist, sondern mit Stroh ausgestopft, sonst hätte dich die Störchin nie herübertragen können.«
»Das stimmt«, sagte der Vogelscheuch, »nur leider ist auch mein Kopf mit Stroh ausgestopft.«
Und dann gingen sie weiter.

Jetzt, wo der Vogelscheuch gerettet war, konnte Dorothy sich über die schöne Landschaft freuen, durch die sie da wanderten. Die Wiesen am Ufer waren voll von Blumen, gelbe, weiße, blaue und violette Blüten waren da und herrliche rote Mohnblumen.

»Mein Onkel Henry sagt, daß Mohnblumen Unkraut sind, weil sie im Kornfeld wachsen«, sagte Dorothy. »Aber es sind die schönsten Blumen, die wir haben in Kansas.«

Die Mohnblumen wurden immer mehr, je weiter sie gingen. Bald waren keine anderen Blumen mehr zu sehen, alles war brennend rot von den zarten, leichten Blüten, die sich im Wind bewegten. Und ihr Duft war stark und betäubend.

»Ich weiß nicht, was ich habe, mir fallen immer die Augen zu«, sagte Dorothy.

»Das ist der Schlafmohn!« sagte der Blecherne Holzfäller besorgt. »Wir müssen schnell raus hier, sonst schlaft ihr alle drei noch ein! Mohnblumenduft ist gefährlich, wenn es so viele sind.«

»Nein, ich will mich hinsetzen und ausruhen, ich bin so müde.« Dorothys Stimme war ganz leise geworden.

Auch Toto ging immer langsamer, und der große Löwe riß alle Augenblicke sein riesiges Maul auf und gähnte. Nur der Vogelscheuch und der Holzfäller spürten nichts, denn der eine war aus Stroh und der andere aus Blech.

»Weiter, weiter!« drängte der Blecherne Holzfäller. »Wenn du hier einschläfst und liegenbleibst, wachst du nie mehr auf!«

Dorothy riß die Augen auf und versuchte wach zu bleiben. Da fiel Toto neben ihr um. »Toto!« sagte Dorothy schwach. »Toto! Was ist mit ihm? Ist er tot?«

»Nein, er schläft«, sagte der Holzfäller und nahm Toto auf den Arm. »Komm, wir müssen weiter, streng dich an, bleib wach!«

Und der Vogelscheuch nahm Dorothy an der Hand und schleppte sie hinter sich her, so gut er konnte. Aber nach ein paar Schritten sank Dorothy in die Knie. »Nur ein bißchen ausruhen«, flüsterte sie noch, und dann fiel sie um und schlief ein.

»Ich glaube, wir müssen sie tragen«, sagte der Vogelscheuch.

»Ja, das machen wir«, sagte der Holzfäller. »Aber du, Löwe, du mußt jetzt laufen, so schnell du kannst. Dich können wir nicht tragen, wenn du einschläfst! Lauf, Löwe, lauf schnell!«

Und der Löwe sagte noch: »Paßt gut auf Dorothy auf!« und setzte sich in Trab.

Der Vogelscheuch und der Blecherne Holzfäller setzten die schlafende Dorothy auf, legten ihr den schlafenden Toto in den Schoß und hoben die beiden zusammen auf. Sie griffen sich an den Händen und machten einen Sitz, und darauf trugen sie das schlafende Mädchen zwischen sich durch das rote Blumenmeer.

Sie wanderten lange, und es schien, als ob der Mohn nie ein Ende nehmen würde. Sie trugen Dorothy den Fluß entlang, weil da die Luft frischer war, aber sie wachte nicht auf. Endlich sahen sie wieder eine grüne Wiese vor sich. Aber da, kurz vor dem Ende des Mohnblumenfelds, lag der große, starke Löwe zwischen den roten Blüten und war eingeschlafen.

»Da ist nichts zu machen«, sagte der Blecherne Holzfäller. »Ihn können wir nicht tragen.«

»Muß er jetzt für immer hier liegen und schlafen?« fragte der Vogelscheuch.

»Ich fürchte, ja, wenn uns nichts einfällt«, sagte der Blechmann.
»Das ist schlimm«, sagte der Vogelscheuch. »Er ist doch unser Freund. Wenn ich nur Verstand hätte, dann würde mir schon etwas einfallen.«
Die beiden trugen das Mädchen aus dem Mohnblumenfeld und noch weiter, bis die tödlichen roten Blüten nicht mehr zu sehen waren. Dann legten sie sie nieder und warteten, daß sie aufwachte.

9. Kapitel

Die Mäuse

»Wir müssen den Löwen retten«, sagte der Blecherne Holzfäller. »Wir *können* ihn nicht einfach liegenlassen.«

»Ja, aber wie? Der Löwe ist mindestens dreimal so schwer wie du und ich und Dorothy zusammen.« Der Vogelscheuch stützte seinen ausgestopften Strohkopf in die Hand. »Wenn wir es alleine nicht können, dann muß uns jemand helfen! Ich werde einmal fragen.«

»Fragen? Wen denn? Hier ist doch niemand außer uns.«

»Ich frage trotzdem«, sagte der Vogelscheuch. »Mir kommt vor, es ist besser, man fragt, als man fragt nicht.« Und er stand auf, ging auf der Wiese hin und her und rief immer wieder: »Hallo, ist hier jemand, der uns helfen kann?!«

»Da ist niemand«, sagte der Blechmann bedrückt.
»Ich frage lieber noch einmal«, sagte der Vogelscheuch und rief wieder: »Hallo, hallo, kann uns jemand helfen?«
»Entschuldigung, haben Sie mich gemeint?« kam da eine Stimme von irgendwoher. »Ich habe nicht so genau verstanden.«
Der Vogelscheuch und der Blechmann schauten sich um. Zuerst sahen sie nichts, aber dann bemerkten sie, daß genau neben den Silberschuhen der schlafenden Dorothy eine Maus den Kopf aus ihrem Loch steckte.
»Nein, nein, dich haben wir nicht gemeint, du bist zu klein«, sagte der Blecherne Holzfäller und versank wieder ins Grübeln.
»Was war denn das?« fragte der Vogelscheuch.
»Ach, das war bloß eine von den Mäusen, die hier überall ihre Löcher graben«, sagte der Blechmann.
»Gibt es denn noch mehr davon?«
»Aber sicher. Wahrscheinlich ist die ganze Wiese unterhöhlt von lauter Mauselöchern.«
Der Vogelscheuch legte den Kopf schief. Dann ging er zu dem kleinen Mauseloch neben Dorothys Silberschuhen, legte sich auf den Bauch und rief in das Loch hinein: »Hallo, Entschuldigung, es war ein Mißverständnis! Wir haben doch dich gemeint!«
Da steckte das Mäuslein den Kopf heraus und sagte: »Ja bitte, und um was geht's?«
»Ich hätte nur eine Frage: Wie viele von deiner Sorte gibt es denn hier auf der Wiese?«
»Mäuse? So ungefähr zwanzigtausend. Vielleicht auch drei weniger oder fünfzehn mehr, das kommt darauf an, ob man die

Mäusekinder dazurechnet, die in dieser Sekunde gerade geboren werden.«
»Ist das viel, zwanzigtausend?«
»Ob das viel ist?« Die Maus ließ einen feinen hohen Pfiff los, und auf einmal streckten zwanzigtausend Mäuslein ihre Köpfe aus den Mauselöchern. Die Wiese war plötzlich nicht mehr grün, sondern grau und braun gesprenkelt.
»Mir kommt vor, zwanzigtausend muß *sehr* viel sein«, sagte der Vogelscheuch beeindruckt. »Wenn ihr so viele seid – könnt ihr uns vielleicht helfen?«
»Das kommt darauf an, um was es geht«, sagte die Maus.
»Es geht darum, einen Löwen zu retten. Er liegt im Mohnfeld und schläft, und wenn man ihn nicht heraushollt, dann muß er ewig schlafen und träumen, und das wäre schlimm, denn er ist unser Freund.«
»Nein, mit Löwen wollen wir nichts zu tun haben. Löwen fressen Mäuse.« Als die zwanzigtausend Mäuse das Wort »Löwe« hörten, war die Wiese auf einmal wieder grün. Und auch die Maus, mit der der Vogelscheuch gesprochen hatte, verschwand wieder in ihrem Loch.
»Es ist aber ein ängstlicher Löwe!« rief der Vogelscheuch der Maus nach. »Er frißt nur Nüsse! Und er ist unser Freund!«
»Ach laß nur!« sagte der Blecherne Holzfäller. »Wie sollen die Mäuse uns denn helfen, die sind sowieso zu klein.«
Da streckte die Maus den Kopf wieder heraus und sagte spitz: »Zu klein? Das heißt gar nichts!« Und zum Vogelscheuch sagte sie: »Ist es wirklich ein ängstlicher Löwe?«
»Ganz sicher! Es hat nur noch niemand gemerkt, weil er seltsame Geräusche macht, und deswegen fürchten sich alle vor *ihm*.«

»Ich kann das natürlich nicht alleine entscheiden«, sagte die Maus, »aber ich werde sehen, was sich machen läßt!«
Sie ließ wieder den feinen, schrillen Pfiff hören, und wieder streckten die Mäuse ihre Köpfe aus den Löchern. Die Maus pfiff einen anderen Pfiff; da liefen alle Mäuse zusamen auf einen Haufen, pfiffen und quiekten und piepsten durcheinander, daß man nur hin und wieder ein paar Wörter hörte wie: »...gar nicht in Frage!« – »...möchte ich betonen...« – »...muß man bedenken...« – »...Mehrheit...« – »...Minderheit...« – »...liegt im Charakter des Mäusewesens...« – »...gegenseitige Hilfe...« – »...Abbau der Spannungen...« und noch anderes, von dem dem armen Vogelscheuch sein Strohkopf brummte. Aber nach fünf Minuten kamen ein paar Mäuse auf den Vogelscheuch zu, und eine von ihnen – ob es die war, mit der er ursprünglich gesprochen hatte, konnte der Vogelscheuch nicht sagen –, eine von ihnen ergriff das Wort und sagte: »Wir haben beschlossen, daß wir dem Löwen helfen werden. Wir erwarten aber, daß er sich erkenntlich zeigt und sich bei allen Katzen, Löwen, Tigern, Panthern, Pumas und so weiter für das Nüsseessen einsetzt und das Mäuseessen öffentlich verurteilt!«
»Das wird er schon tun, kommt mir vor«, sagte der Vogelscheuch. »Aber da fällt mir ein: Seid ihr aus Stroh oder Blech?«
»Natürlich nicht!« sagten die Mäuse.
»Ja, dann geht es doch nicht! Wenn ihr in das Mohnfeld geht, werdet ihr einschlafen!«
»Aber nein, wir kennen das Mohnfeld, uns macht es nichts aus. Der Duft steigt nämlich nach oben, aber wir gehen unter den Blüten durch, so kann uns nichts passieren.« Und zum Blecher-

nen Holzfäller gewandt, setzte die Maus hinzu: »Weil wir nämlich so klein sind!«
»O weh«, sagte der Holzfäller, »jetzt habe ich schon wieder jemanden gekränkt. Es tut mir leid, es ist nur, weil ich kein Herz habe, wißt ihr. Aber ich werde noch besser aufpassen!«
Und dann strömten die zwanzigtausend Mäuse in Richtung Mohnfeld davon. Es sah aus wie ein graubrauner Bach, der durch die Wiese lief.
»Vielleicht hätten wir ihnen helfen sollen?« sagte der Vogelscheuch.
»Jemand muß ja auch bei Dorothy bleiben«, antwortete der Blecherne Holzfäller.
»Ja«, sagte der Vogelscheuch, »das stimmt.« Und dann warteten sie beide.
Nach einiger Zeit begann sich Dorothy zu regen, und auch Toto begann im Schlaf mit den Füßen zu scharren, als ob er liefe. Dorothy schlug die Augen auf.
»Ich glaube, ich bin eingeschlafen«, murmelte sie. »Ich habe geträumt, daß ich in Oz war und nie mehr nach Kansas konnte. Nein, ich habe geträumt, daß ich in Kansas war und daß ich nur geträumt habe, daß ich in Oz war und nie mehr nach Kansas konnte. Da waren so schöne Mohnblumen, aber sie waren schrecklich gefährlich.« Dann setzte sie sich kerzengerade auf und riß die Augen auf. »Sind wir gerettet?«
Sie schaute sich um. Toto rappelte sich gerade auf die Beine, gähnte und schüttelte sich. Der Vogelscheuch und der Blecherne Holzfäller saßen neben ihr. »Und der Löwe? Was ist mit dem Löwen passiert?«
Der Vogelscheuch und der Blechmann wollten gerade anfangen

zu erzählen, da sahen die drei etwas Merkwürdiges: Es sah aus wie ein schlafender Löwe, der über eine Wiese schwimmt. Die zwanzigtausend Mäuse trugen den Löwen daher, aber weil sie so klein waren, fielen sie gar nicht auf, und man sah nur den Löwen.

Die Mäuse wechselten einander ab beim Tragen. Die müde waren, trippelten eine Weile neben dem Löwen her und reihten sich dann vorne wieder unter den Trägern ein. Dorothy, der Blechmann und der Vogelscheuch liefen ihnen entgegen, um ihnen zu helfen. Aber die Mäuse sagten: »Nein, ihr tretet sonst nur auf uns drauf. Wir schaffen das schon alleine!«

Als sie den Löwen weit genug von dem gefährlichen Mohnfeld weggeschleppt hatten, setzten sie ihn ab.

»Danke«, sagte Dorothy, »ihr habt unseren Freund gerettet!«

»Ist schon gut«, keuchten die Mäuse. »Er ist ein bißchen schwer, euer Freund. Richtet ihm aus, wenn er aufwacht, er soll bei den Nüssen bleiben und keine Mäuse fressen!« Und dann verschwanden sie wieder in ihren Löchern.

»Ja, wir werden es ausrichten!« rief Dorothy ihnen nach. »Und vielen Dank nochmals!« Und dann ging sie mit dem Blechernen Holzfäller in den Wald, um Nüsse zu sammeln, während der Vogelscheuch bei dem schlafenden Löwen Wache hielt.

»Sie sind sicher erschöpft, die Mäuse«, sagte Dorothy zum Blechernen Holzfäller. »Wir werden ihnen Nüsse bringen.« Und das taten sie.

10. KAPITEL

Der Torwächter

Der Ängstliche Löwe erwachte nicht so bald. Er hatte doch ziemlich lange im Schlafmohn gelegen. Und als er seine Augen öffnete, war er sehr froh, daß er noch am Leben war.
»Ich bin so schnell gelaufen! Aber die Blumen waren stärker als ich«, sagte er. »Aber wie bin ich denn hierhergekommen?«
Die drei anderen erzählten ihm, wie die Mäuse ihn aus dem Mohnfeld getragen hatten.
»Nein so was! Da bin ich so groß und kräftig, und dann bringen mich so zarte Blumen fast um, und so kleine schwache Mäuse

müssen mich retten! Das ist alles sehr sonderbar. Aber *was*, habt ihr gesagt, wollen die Mäuse von mir?«
»Du sollst dich dafür einsetzen, daß alle Löwen und Tiger und Panther und Pumas und Katzen keine Mäuse mehr fressen sollen, sondern Nüsse, so wie du!« sagte Dorothy.
»Ich soll öffentlich erklären, daß ich Nüsse esse?« Der Löwe ließ den Kopf hängen. »Ich glaube, das kann ich nicht. Alle werden mich auslachen!«
»Aber die Mäuse haben dich gerettet.«
»Ich weiß«, seufzte der Ängstliche Löwe. »Ich werde den Großen Oz um eine doppelte Portion Mut bitten müssen, damit ich das schaffe.«
Und dann machten sie sich auf den Weg, um die gelbe Straße wiederzufinden.
Die war auch nicht mehr weit, und nun waren sie endlich wieder auf dem richtigen Weg zur Smaragdenen Stadt. Die Straße war hier wieder gut gepflastert und eben und führte durch hübsches Bauernland. Nur waren hier die Zäune grün gestrichen, und die Bauernhäuser, an denen sie bald vorbeikamen, waren ebenfalls grün. Es war Nachmittag, und wenn sie an einem Haus vorbeikamen, sahen sie, daß die Leute in der Tür standen und neugierig schauten. Aber niemand kam zu ihnen oder rief ihnen etwas zu. Anscheinend hatten sie Angst vor dem gewaltigen großen Löwen. Die Kleider der Leute waren so grün wie ihre Häuser, und auch ihre spitzen Hüte, die sonst genauso aussahen wie die der Mömpfe, waren grün.
»Es sieht so aus, als ob wir bald zur Smaragdenen Stadt kommen würden«, sagte Dorothy.
»Ja«, sagte der Vogelscheuch, »das ist nicht mehr das Land der

Mömpfe, sonst müßte hier alles blau sein. Aber die Leute sind hier nicht so freundlich zu uns wie im Mompf-Land.«
»Sieht nicht so aus, als ob wir so leicht einen Platz für die Nacht finden könnten«, brummte der Blecherne Holzfäller.
»Ich hätte gern einmal etwas anderes als Obst zu essen«, sagte Dorothy, »und Toto muß schon halb verhungert sein. Am besten, wir gehen einfach zu einem Haus und fragen. Mehr als wegschicken können sie uns ja nicht.«
Als sie zum nächsten Bauernhaus kamen, marschierte Dorothy auf die Tür zu und klopfte an. Die Tür öffnete sich einen Spaltbreit, und eine Frau schaute heraus.
»Was gibt's?« fragte sie.
»Bitte schön, wir sind lange gewandert und müde. Können wir hier übernachten?«
»Nicht mit dieser ganzen Menagerie da!«
»Sie brauchen keine Angst zu haben vor dem Löwen. Es ist ein ängstlicher Löwe, ganz zahm!«
»Ich habe vor gar nichts Angst. Ich will nur nicht, daß er mir Flöhe ins Haus bringt. Löwen baden nie.«
»Dieser hier hat gebadet. Erst heute morgen, das kann ich Ihnen versichern!« sagte Dorothy eifrig. »Er ist durch den Fluß geschwommen!«
»Na gut, dann könnt ihr reinkommen.«
Also gingen sie ins Haus, und die Frau kochte Haferflocken für sie. »Da, setzt euch hin und ruht euch aus!«
»Ich bin nicht müde«, sagte der Blecherne Holzfäller, »ich werde inzwischen für Sie Holz hacken.« Und er nahm seine Axt und ging in den Hof.
»Ich bin auch nicht müde«, sagte der Vogelscheuch, »ich kann

auch etwas tun.« Er ließ sich von der Frau zeigen, wie man mit einem Besen umgeht, und kehrte das Haus sauber.
Aber Dorothy, Toto und der Löwe waren müde. Der Löwe legte sich unter den Tisch und Toto unter die Bank. Dorothy wollte der Frau beim Kochen helfen, aber die sagte nur: »Du hast gesagt, du bist müde. Also setz dich auf die Bank und ruh dich aus. Wo wollt ihr denn alle hin?«
»Wir gehen in die Smaragdene Stadt, wir müssen mit dem Großen Oz reden.«
»Mit dem Großen Oz? Ja, glaubt ihr denn, daß man mit dem so einfach reden kann?«
»Ja, warum denn nicht?«
»Nun, die Leute sagen, daß er fast nie jemanden zu sich läßt. Ich war schon oft in der Smaragdenen Stadt, und es ist sicher eine schöne Stadt, wenn man für Glitzer und Juwelen etwas übrighat. Aber den Großen Oz habe ich noch nie gesehen, und ich kenne auch niemanden, der ihn gesehen hätte.«
»Geht er nicht manchmal aus?«
»Nein. Man sagt, er sitzt tagaus, tagein in seinem großen Thronsaal, und nicht einmal seine Diener und Beamten bekommen ihn zu sehen.«
»Ja, und wie ist er so, der Große Oz?«
»Das ist eben schwer zu sagen. Die Leute sagen, daß er ein großer Zauberer ist und sich verwandeln kann. Manche sagen, er sieht aus wie ein Vogel, und manche sagen, wie ein Elefant. Es haben auch schon welche gesagt, er sieht aus wie eine Katze, wie ein Gnom oder sogar wie eine schöne Fee, was ich mir allerdings schwer vorstellen kann. Aber niemand weiß, wie er wirklich aussieht, und wenn du mich fragst: Vielleicht gibt es ihn gar nicht!«

»Aber er regiert doch das Land?«
»Wer weiß schon, wer ein Land regiert? Alle heiligen Zeiten einmal kommt ein Mann mit einer Trommel und ruft ein paar neue Gesetze aus und wieviel Korn wir in die Stadt schicken sollen. *Wo* die Gesetze *herkommen*, wer weiß das schon? Was wollt ihr überhaupt von dem Großen Oz?«
»Der Vogelscheuch will einen Verstand, der Blecherne Holzfäller möchte ein Herz, der Ängstliche Löwe hofft, daß ihm der Große Oz Mut geben kann, und Toto und ich möchten gern nach Kansas zurück.«
»Kansas, wo ist denn das?«
»Das weiß ich nicht. Aber da komme ich her.«
»Wenn du von da kommst, mußt du doch wissen, wo das ist!«
Dorothy war verwirrt. »Ja, wissen Sie, Kansas war immer da, wo ich war. Aber jetzt bin ich auf einmal hier, und – und ich weiß nicht, wo *hier* ist, und deswegen weiß ich nicht, wo Kansas ist.« Und sie erzählte der Frau ihre ganze Geschichte.
»Na ja«, sagte die Frau schließlich, »ich wünsche euch viel Glück. Und vielleicht hilft euch ja der Große Oz, wenn es ihn gibt.« Und dann stellte sie das Essen auf den Tisch. Toto bekam eine kleine Schüssel Haferflocken neben den Tisch gestellt und der Löwe eine große.
»Fleisch habe ich keins für dich«, sagte die Frau zum Löwen, »tut mir leid.«
»Er ißt kein Fl…«, begann Dorothy, aber sie schnitt sich gleich selber das Wort ab, weil sie wußte, daß der Löwe sich deswegen schämte.
»Hmhm«, räusperte sich der Löwe. »Sagen Sie, haben Sie eine Katze?«

»Ja«, sagte die Frau, »aber die kommt sicher nicht vor morgen mittag vom Mäusefangen zurück.«
»Wenn Sie sie sehen«, sagte der Löwe mit rauher Stimme, »dann richten Sie ihr aus, daß es auch ohne Mäusefangen geht. Ich zum Beispiel, ich esse meistens Nüsse.«
Die Frau lachte. »Das ist schön von dir. Aber ich glaube nicht, daß meine Katze deswegen das Mäusefangen aufgeben wird. Das wäre gegen ihre Natur.«
»Na schön«, brummte der Löwe. »Aber ich hab's wenigstens gesagt.« Und dann verschlang er seine Haferflocken, ohne noch ein Wort zu reden.
Nach dem Essen zeigte die Frau Dorothy das Zimmer, wo sie schlafen konnte. Toto und der Löwe legten sich vor Dorothys Bett, und die Frau ging auch schlafen. Der Blecherne Holzfäller und der Vogelscheuch aber blieben in der Küche, und der Blech-

mann erklärte dem Vogelscheuch, wie man Sechsundsechzig mit Strohmann spielt.

Am nächsten Morgen gab ihnen die Bäuerin noch ein Frühstück, und dann verabschiedeten sie sich und zogen weiter. Gegen Mittag sagte Dorothy: »Was ist denn das da vorne? Müssen wir noch einmal durch einen Wald?«

»Nein«, sagte der Vogelscheuch, der die besseren Augen hatte, »es sieht aus wie eine grüne Mauer. Mir kommt vor, das könnte die Smaragdene Stadt sein!«
Und die war es auch. Endlich sahen sie ihr Ziel, und zwei Stunden später standen sie am Stadttor. Die Stadtmauer war so hoch, daß man kein einziges Haus dahinter sehen konnte. Das Tor war genauso grün gestrichen wie die Mauer und mit grün funkelnden Smaragden besetzt. Es war geschlossen, aber neben dem Tor war ein Glockenzug. Dorothy zog einmal daran, und sie hörten hinter dem Tor eine Glocke läuten. Dann hörten sie langsame Schritte daher schlurfen, und schließlich öffnete sich in dem großen Tor eine kleine Tür, durch die sie eintraten.

Dorothy und ihre Freunde fanden sich in einem Raum wieder, der von einer Kuppel überdacht war. Auf der anderen Seite des Raums war wieder ein großes Tor, das geschlossen war. Der Raum war von Lampen mit grünen Gläsern beleuchtet.
Vor Dorothy stand ein kleiner Mann, so groß wie die Mömpfe ungefähr, der ganz in Grün gekleidet war. Sogar sein Gesicht hatte einen grünlichen Schimmer.
»Grenzkontrolle!« sagte der Torwächter. »Bitte nennen Sie Ihre Personalien, den Aufenthaltsgrund und die geplante Aufenthaltsdauer in der Smaragdenen Stadt!«
»Wie bitte?« fragte Dorothy.
»Personalien, Aufenthaltsgrund und geplante Aufenthaltsdauer nennen, wenn ich bitten darf.«
»Ich weiß nicht, ich...«
»Mir kommt vor, er will wissen, wer wir sind, warum wir hergekommen sind und wie lange wir bleiben wollen«, sagte der Vogelscheuch fröhlich.
»Richtig«, sagte der Torwächter.
»Warum sagen Sie das nicht so, daß man es versteht?«
»Weil es sonst nicht amtlich wäre! Also, die Personalien bitte.«
»Also, ich heiße Dorothy, und das hier sind Toto, der Vogelscheuch, der Blecherne Holzfäller und der Ängstliche Löwe!«
»Gut! Aufenthaltsgrund?«
»Wir wollen den Großen Oz sprechen.«
»Geplante Aufenthaltsdauer?«
»Ja, so lange, bis wir ihn gesprochen haben.«
»Na schön. Es ist schon lange her, daß jemand den Großen Oz sprechen wollte. Und ich sage euch, der Mächtige und Schreck-

liche Oz empfängt nicht jeden. Wenn ihr das tiefe Sinnen und die weisen Gedanken des Mächtigen Magiers mit irgendwelchen nutzlosen und albernen Wünschen stört, oder wenn ihr ihn nur aus purer Neugier sehen wollt, dann könnte es sein, daß ihr ihn sehr zornig macht und er euch gnadenlos vertilgt.«

»Aber unsere Wünsche sind nicht albern und nutzlos«, protestierte der Vogelscheuch. »Ich möchte ihn um einen Verstand bitten, und nur jemand, der selbst keinen Verstand hat, könnte glauben, daß ein Verstand albern und nutzlos ist.«

»Und ich möchte ihn um ein Herz bitten«, sagte der Blecherne Holzfäller, »und wenn jemand meint, daß das albern und nutzlos ist, dann muß er selbst herzlos sein.«

»Und ich wollte ihn um Mut bitten«, sagte der Löwe, »aber ich glaube, ich trau mich nicht mehr.«

»Aber wir haben gehört, daß er ein guter Zauberer ist«, sagte Dorothy, »obwohl es auch Leute gibt, die glauben, daß es ihn vielleicht gar nicht gibt.«

»O doch, es gibt ihn! Und er ist auch ein guter und weiser Zauberer. Aber zu denen, die nicht ehrlich sind zu ihm oder ihn nur aus Mutwillen belästigen, kann er schrecklich sein. Meine Pflicht ist es, euch zu warnen. Wenn ihr aber noch immer darauf besteht, dann ist es meine Pflicht, euch zu ihm zu bringen. Aber vorher müßt ihr die Brillen aufsetzen.«

»Was denn für Brillen?« fragte Dorothy.

»Schutzbrillen! Wenn ihr keine Schutzbrillen tragt, würden euch der Glanz und das Licht der Smaragdenen Stadt die Augen zerstören, und ihr würdet für immer blind werden! Jeder in der Stadt muß Tag und Nacht seine Schutzbrille tragen, so hat es der Große und Weise Oz beschlossen, als die Stadt erbaut wurde.«

Der Torwächter öffnete eine grüne Kiste, die voll von Brillen mit grünen Gläsern in allen Formen und Größen war. Jeder von ihnen bekam eine Schutzbrille mit goldenen Bändern, die hinten am Kopf von einem kleinen Schloß zusammengehalten wurden. Der Torwächter hatte den einzigen Schlüssel zu diesen Schlössern. Selbst wenn Dorothy gewollt hätte, hätte sie die Brille nicht vom Kopf bekommen, aber natürlich wollte sie nicht blind werden vom Glanz der Smaragdenen Stadt. Sogar Toto bekam eine Brille.

Dann setzte der Torwächter seine eigene Brille auf, zog einen grüngoldenen Schlüssel aus der Tasche und öffnete das innere Tor. So traten sie in die Smaragdene Stadt.

11. Kapitel

Die Smaragdene Stadt

Dorothy und ihre Freunde mußten trotz der grünen Schutzbrillen blinzeln, so sehr glänzte und glitzerte alles in der Smaragdenen Stadt. Die Häuser waren aus grünem Marmor und mit vielen funkelnden Smaragden besetzt. Die Straßen waren mit demselben grünen Marmor gepflastert, und die Zwischenräume der Marmorpflastersteine waren mit Reihen von Smaragden ausgefüllt, die in der Sonne leuchteten. Die Häuser hatten grüne Fensterscheiben, sogar der Himmel über der Stadt hatte eine leicht grünliche Färbung, und die Sonnenstrahlen schienen auch grün zu sein.

Viele Leute waren auf den Straßen unterwegs, Frauen, Männer und Kinder, und alle trugen grüne Gewänder und hatten grünliche Gesichter. Wo Dorothy mit ihrer Gesellschaft vorbeikam, schauten die Leute sie neugierig an, aber sie hielten Abstand, und niemand sprach mit ihnen. Wenn ein Kind vor dem Löwen nicht davonrannte, sondern staunend und mit offenem Mund stehenblieb, dann kam sicher gleich ein Erwachsener, nahm es an der Hand und zog es fort.

›Kein sehr freundlicher Empfang‹, dachte Dorothy.

Unten in den Häusern waren überall Werkstätten und Läden. Da wurden Körbe geflochten, Möbel getischlert, Tontöpfe geformt, Kleider geschneidert, Obst und Gemüse verkauft, und alles, alles war grün.

Der Torwächter führte die Reisegesellschaft durch die Straßen, bis sie zu einem großen Gebäude genau in der Mitte der Stadt kamen. Das war der Palast des Großen Oz.

Vor dem Tor stand ein Soldat in grüner Uniform mit einem langen grünen Bart.

»Hier sind Fremde, die den Großen Oz sprechen wollen«, sagte der Torwächter zu ihm.

»Dann kommt herein«, sagte der Soldat. »Ich werde ihn benachrichtigen.«

Also traten sie durch das Palasttor, und der Soldat führte sie in einen großen Saal mit einem grünen Teppich, mit Tischen und Stühlen, die alle mit Smaragden besetzt waren.

»Bitte es sich bequem zu machen«, sagte der Soldat. »Ich werde euer Ansuchen weiterleiten.«
Sie mußten lange warten, und Dorothy fand das ziemlich langweilig. Der Ängstliche Löwe war von all dem Neuen, das er sah, ganz eingeschüchtert und drückte sich in eine Ecke. Der Vogelscheuch schaute sich mit seinen großen, bebrillten Augen überall um und murmelte vor sich hin: »Das also ist die Smaragdene Stadt, das also ist ein Palast, das also sind smaragdene Stühle, das also sind smaragdene Tische«, so, als ob er alles auswendig lernen wollte. Der Blecherne Holzfäller sagte gar nichts, und Toto hatte nur ein bißchen herumgeschnüffelt und war dann gleich eingeschlafen.
Nach einer Stunde, es können auch zwei gewesen sein, kam der Soldat zurück.
»Haben Sie mit dem Großen Oz gesprochen?« fragte Dorothy.
»Aber wo denkst du hin, mein Kind! Ich habe mit dem Schreiber des Sekretärs des Oberhofmeisters des Großen Oz gesprochen.«
»Und der, hat der mit dem Großen Oz gesprochen?«
»Aber nein. Der Schreiber des Sekretärs des Oberhofmeisters hat mit dem Sekretär des Oberhofmeisters gesprochen, der Sekretär des Oberhofmeisters hat mit dem Oberhofmeister gesprochen, und der hat euer Anliegen dem Großen Oz vorgetragen.«
»Dann sieht der Oberhofmeister den Großen Oz?«
»Nein. Der Große Oz sitzt immer hinter einem smaragdenen Wandschirm, wenn der Oberhofmeister mit ihm spricht.«
»Ja, aber was hat er gesagt? Dürfen wir mit ihm sprechen?«

»Also: Der Schreiber des Sekretärs des Oberhofmeisters hat mir gesagt, daß der Sekretär des Oberhofmeisters ihm gesagt hat, daß der Oberhofmeister gesagt hat, daß der Große Oz sehr empört war darüber, daß Fremde seine Ruhe und Abgeschiedenheit stören wollen.«

»Dann war die lange Reise ganz umsonst!« sagte Dorothy niedergeschlagen.

»Hat er denn kein Herz?« empörte sich der Blecherne Holzfäller.

»Vielleicht hat er nicht verstanden, was wir wollen?« meinte der Vogelscheuch.

»Ich hab's gleich befürchtet«, seufzte der Ängstliche Löwe.

»Aber...!« Der Soldat hob die Hand, und die vier schauten ihn erwartungsvoll an. »Aber: Nachdem ihm der Oberhofmeister von deinen silbernen Schuhen erzählt hat und von dem Hexenkuß auf deiner Wange, hat es sich der Große Oz anders überlegt. Ich soll euch sagen, daß er euch empfangen wird.«

»Zum Glück!« sagte Dorothy. »Dann komme ich vielleicht doch noch einmal nach Kansas zurück!«

»Und ich bekomme vielleicht doch noch einen Verstand«, freute sich der Vogelscheuch.

»Und ich kriege vielleicht doch wieder ein Herz«, flüsterte der Blecherne Holzfäller ergriffen.

»Und ich kriege vielleicht doch noch ein bißchen Mut«, murmelte zaghaft der Löwe.

»Aber...!« sagte der Soldat und hob wieder die Hand.

»Aber...?« fragte Dorothy kleinlaut.

»Aber: Der Große Oz wird jeden von euch nur einzeln empfangen und nur einen am Tag. Also müßt ihr ein paar Tage hierbleiben. Ich habe den Auftrag, euch Zimmer anweisen zu lassen, wo ihr euch ausruhen könnt nach eurer langen Reise.«

»Das ist sehr freundlich vom Großen Oz«, sagte Dorothy. »Bitte sagen Sie dem... also, denen allen, daß wir uns sehr bedanken!«

»Ich werde es dem Schreiber des Sekretärs des Oberhofmeisters mitteilen«, sagte der Soldat voller Würde. Dann pfiff er auf einer kleinen grünen Pfeife, und nach kurzer Zeit ging eine Tür auf, und ein hübsches Mädchen in einem grünen Seidenkleid betrat den Saal.

Sie hatte wundervolles grünes Haar und blitzende grüne Augen, die ein bißchen spöttisch blinzelten, als sie sich vor Dorothy verbeugte und sagte: »Bitte folgen Sie mir, ich werde Ihnen Ihr Zimmer zeigen!«

»Und die anderen?«

»Die kriegen ihre Zimmer gleich nebenan, keine Sorge.«

Das grüne Mädchen führte die ganze Reisegesellschaft in den Gästetrakt des Palastes, wo jeder ein Zimmer für sich bekam. Nur Toto blieb natürlich bei Dorothy.

Die Zimmer waren genauso grün wie alles übrige in der Smaragdenen Stadt, aber es gab so viele Abstufungen und Schattierungen von Grün, daß doch alles sehr bunt wirkte.

›Ich habe gar nicht gewußt, wie viele Grüns es gibt‹, dachte Dorothy.

Dorothys Zimmer war so prächtig und luxuriös, daß sie sich fast nicht traute, sich irgendwo hinzusetzen oder gar aufs Bett zu legen. Bisher hatte sie ja nur ihr kleines Holzhaus in Kansas gekannt, das jetzt nicht mehr in Kansas war, sondern ganz verloren und nutzlos im Land der Mömpfe herumstand.

Was Onkel Henry und Tante Emily jetzt wohl machen werden? fragte sich Dorothy. Zum erstenmal fiel ihr ein, daß die beiden ja jetzt ohne Haus waren, einmal ganz abgesehen davon, daß sie Dorothy für tot halten mußten. ›Ich muß den Großen Oz auch bitten, das Haus wieder zurück nach Kansas zu schicken. Wo sollen wir denn wohnen, wenn ich ohne Haus zurückkomme?‹

Die Hoffnung auf den Großen Oz verbesserte ihre Laune wieder, und sie begann das Zimmer zu untersuchen. Da war ein riesiges weiches Bett mit zart resedagrüner Bettwäsche und ganz leichten Daunendecken. Ein kleiner Springbrunnen war da, aus dem meergrünes Wasser sprudelte, und in seinem Becken schwammen kleine grüngolden leuchtende Fische. Tisch und Stühle waren ganz zierlich, aber als Dorothy sie rücken wollte, waren sie schwer, als ob sie aus Stein geschnitzt wären. Dieser dunkle, blaugrüne Stein mußte wohl Jade sein. Auf dem Tisch stand eine smaragdene Vase, in der Blumen mit gelbgrünen Blüten waren. Ein Schrank war auch da, und als Dorothy ihn öffnete, war er voller Kleider. Ganz leichte duftige Seidenkleider waren da und solche aus schwerem Brokat oder Samt. Alle waren grün, aber jedes hatte ein anderes Grün, und manche waren mit glitzernden Stickereien verziert, andere schimmerten sanft, wieder andere waren matt und feierlich. Und weil auch ein riesiger Spiegel in einem geschnitzten Rahmen da war, probierte Dorothy einige der Kleider und fand sich ganz entzückend darin. Nur die Schutzbrille, die sie nicht abnehmen konnte, fand sie etwas störend: ›Irgendwie sehe ich aus wie ein Frosch damit‹, dachte sie. ›Aber ein ausnehmend hübscher Frosch, das muß ich sagen!‹

Dann besuchte sie der Reihe nach den Vogelscheuch, den Blechernen Holzfäller und den Ängstlichen Löwen in ihren Zimmern, und sie plauderten und rätselten über den geheimnisvollen Großen Oz, so lange, bis das grüne Mädchen ihnen das Abendessen brachte. Der Vogelscheuch und der Blecherne Holzfäller aßen zwar nichts, aber der Ängstliche Löwe war froh, daß er ihre Portionen auch bekam. Dann gingen die drei, die es gewohnt waren, schlafen, und der Blecherne Holzfäller und der Vogelscheuch verbrachten die Nacht wieder mit Kartenspielen.

Am nächsten Morgen brachte das grüne Mädchen Dorothy das Frühstück. Sie stellte ihr ein kleines Tischchen aufs Bett und servierte darauf Brot und Stachelbeermarmelade, grüngelben Honig und grünen Tee.

»Was ist denn los?« fragte Dorothy. »Ich bin doch nicht krank?«

Dorothy hatte erst ein einziges Mal in ihrem Leben erlebt, daß jemand im Bett aß, und das war, als Tante Emily die Sache mit den Nieren gehabt hatte.

»Man sieht, daß Sie Luxus nicht gewohnt sind!« sagte das grüne Mädchen mit ihrem spöttischen Zwinkern.

»Was ist denn das wieder: Luxus?«

»Luxus, das ist: im Bett frühstücken, auch wenn man nicht krank ist.«

»Na schön«, sagte Dorothy, »ich kann's ja versuchen.« Und sie aß zum erstenmal in ihrem Leben Frühstück im Bett und fand es eigentlich sehr gemütlich, bis auf die Krümel.

Als Dorothy gefrühstückt und sich angezogen hatte, klopfte es an ihrer Tür, und der Soldat mit dem grünen Bart trat ein, um sie zum Großen Oz zu bringen. Das heißt, er brachte sie nicht direkt zum Großen Oz, sondern zum Schreiber des Sekretärs des Oberhofmeisters des Großen Oz. Der Schreiber saß in einem Kämmerchen an einem grünen Schreibtisch. Er stand auf und führte sie zum Sekretär des Oberhofmeisters, der schon ein größeres Zimmer hatte. Der Oberhofmeister aber hatte ein prächtiges Büro mit Teppichen und Bildern an den Wänden. Er erhob sich feierlich, verbeugte sich vor Dorothy und brachte sie an die Tür des Thronsaals. Im Vorraum des Thronsaals standen viele Damen und Herren in prächtigen Gewändern, die zum Hofstaat des Großen Oz gehörten. Aber sie hatten gar nichts zu tun, als herumzustehen und miteinander zu reden, denn der Große Oz empfing sie nie. Der Oberhofmeister wartete mit Dorothy an der Tür des Thronsaals, bis ein tiefer, dunkler Glockenton durch den Vorsaal hallte.

»Das ist das Zeichen zum Eintreten«, flüsterte der Oberhofmeister. »Bitte fassen Sie sich kurz, und sprechen Sie sehr höflich!«

Die Tür öffnete sich langsam, und Dorothy trat ein. Hinter ihr schloß sich die Tür wieder.

Dorothy stand in einem großen runden Saal, über dem sich eine gewaltige Kuppel wölbte. Die Kuppel hatte runde Fenster, durch die grünliches Licht in den Saal strömte. Die Wände waren dicht mit Smaragden besetzt, und dazwischen brannten in prächtigen Leuchtern Kerzen mit grünen, züngelnden Flammen.

In der Mitte des Saals aber stand ein gewaltiger Thron aus grünem Marmor, genauso reich mit Juwelen besetzt wie der Rest des Raums. Und auf diesem Thron saß nichts als ein riesiger Kopf, der Dorothy ernst anblickte.

Dorothy erschrak sehr über diesen riesigen Kopf ohne Körper, und sie mußte all ihren Mut zusammennehmen, um nicht davonzulaufen. Sie verbeugte sich stumm und wartete.

Da begann sich der Mund in dem riesigen Kopf zu bewegen, und Dorothy hörte ihn sagen: »Ich bin Oz, der Große und Schreckliche. Wer bist du, und was willst du von mir?«
Die Stimme klang gar nicht so fürchterlich, wie Dorothy erwartet hatte, und so schaffte sie es, mit ziemlich fester Stimme zu antworten: »Ich bin Dorothy, die Kleine und Harmlose, und ich wollte Sie bitten, mir zu helfen.«
Die Augen blickten Dorothy nachdenklich an, und dann sagte die Stimme: »Woher hast du die silbernen Schuhe?«
»Die sind von der Osthexe, bitte. Ich habe sie gekriegt, weil mein Haus auf sie gefallen ist und sie getötet hat. Aber das war keine Absicht!«
»Und von wem hast du den Hexenkuß auf der Wange?«
»Der ist von der Nordhexe, bitte schön. Sie hat mich zum Abschied geküßt, wie sie mich zu Ihnen geschickt hat. Nämlich, die Nordhexe hat mir gesagt, daß Sie mir vielleicht helfen können, und deswegen bin ich ja zu Ihnen gekommen!«
»Und was, glaubst du, daß ich für dich tun kann?«
»Die Nordhexe hat gemeint, Sie könnten mir vielleicht helfen, nach Hause zu kommen. Ich bin nämlich aus Kansas, wissen Sie, aber das kennt niemand hier, und alle sagen, man kann nicht heraus aus dem Land Oz. Und ich möchte aber heraus, weil ich doch in Kansas zu Hause bin. Ich meine, hier ist es zwar sehr schön und so, aber zu Hause ist eben zu Hause, wissen Sie.«
»Und warum sollte ich das tun?«
»Ja, weil Sie groß und mächtig sind und ich Hilfe brauche.«
»Du hast keine Hilfe gebraucht, um die Osthexe zu töten!«
»Aber das war nicht ich, das ist einfach passiert! Das Haus ist doch auf sie draufgefallen!«

»Wie du meinst. Ich werde dir meine Antwort sagen: Ich schicke dich erst zurück nach Kansas, wenn du auch die Westhexe getötet hast! Wenn du das für mich tust, dann werde ich auch etwas für dich tun.«
»Aber das kann ich doch nicht machen!« rief Dorothy aus.
»Nun, du hast die Osthexe getötet und trägst ihre Silberschuhe. Die Silberschuhe haben große Zauberkraft. Und du trägst den Hexenkuß auf deiner Wange, der dich beschützt.«
Daß der große, mächtige Zauberer ihr nicht helfen wollte, machte Dorothy so zornig und traurig, daß sie zu weinen begann.
»Ich habe noch nie jemand getötet, jedenfalls nicht absichtlich, und ich will es auch gar nicht tun. Nicht einmal eine Hexe!«
»Tu, was du willst, ich zwinge dich zu nichts. Aber solange die Westhexe ein Viertel meines Landes beherrscht, werde ich dich nicht nach Kansas zurückschicken. Bedenke, die Westhexe ist böse und hat alle Munkeln, die im Westen leben, zu ihren Sklaven gemacht. Du hast die Mömpfe befreit, und die Munkeln willst du in ihrem Elend lassen?«
»Na hören Sie! Wenn nicht einmal Sie, der Große und Schreckliche, die Munkeln befreien können, wie soll ich das dann können?«
»Das ist deine Sache, das geht mich nichts an!« sagte der Große Oz. »Und jetzt geh und überleg es dir! Und belästige mich nicht mehr, bevor du meinen Auftrag ausgeführt hast!«
Bedrückt verließ Dorothy den Thronsaal und ging zurück zu ihren Freunden. »Jetzt weiß ich nicht mehr, was ich tun soll! Der Große Oz will mich nicht nach Kansas zurückschicken, außer wenn ich die Munkeln von der Westhexe befreie. Er glaubt, weil mein Haus zufällig die Osthexe erschlagen hat, kann ich

auch die Westhexe erschlagen. Aber ich erschlage doch nie jemanden!«

Die Freunde waren traurig, aber was sollten sie tun?

»Wenn er mich empfängt, werde ich ihm sagen, was ich von ihm halte!« sagte der Vogelscheuch.

»Ich auch!« sagte der Blecherne Holzfäller.

»Ich auch!« sagte der Ängstliche Löwe. »Das heißt, wenn ich mich traue.«

Traurig ging Dorothy in ihr Zimmer. Der ganze »Luxus« machte ihr überhaupt keinen Spaß mehr, und als das grüne Mädchen kam, um das Essen zu bringen, lag Dorothy mit dem Gesicht zur Wand und kümmerte sich weder um sie noch um das Essen. Das grüne Mädchen zuckte die Achseln und trug das Essen wieder weg.

Am nächsten Tag wurde der Vogelscheuch abgeholt, um mit dem Großen Oz zu sprechen. Er hatte sich fest vorgenommen, dem Großen Oz ordentlich die Meinung zu sagen. »Mir kommt vor, ein großer Kopf ist eben einfach nur ein großer Kopf und nichts, wovor man Angst haben muß«, sagte er zu sich selbst.

Aber als er den Thronsaal betrat, saß auf dem Thron kein riesiger Kopf, sondern die hübscheste Dame, die man sich nur vorstellen kann. Sie war in eine Wolke von grüner Seide gehüllt und trug auf ihren grüngoldenen Locken eine smaragdene Krone. Aus ihren Schultern aber wuchsen Flügel, die in allen Schattierungen von blaugrün bis golden schillerten und im leisesten Lufthauch erzitterten.

Da machte der Vogelscheuch die zierlichste Verbeugung, die er mit seinem strohgestopften Körper zusammenbrachte. Die schöne Gestalt schenkte ihm einen holden Blick und sprach mit süßer Stimme: »Ich bin Oz, die Große und Schreckliche. Wer bist du, und was willst du von mir?«

»Oh, ich bin nur ein armer ausgestopfter Vogelscheuch. Ich habe nur Stroh im Kopf, und ich wollte fragen, ob Sie mir statt dessen nicht einen Verstand geben können.«

»Und warum sollte ich das tun?« fragte die schöne Dame.

»Weil Sie weise und mächtig sind und mir sonst niemand helfen kann! Oder so kommt es mir wenigstens vor«, antwortete der Vogelscheuch.

»Nun, ich kann dir nicht einfach einen Verstand geben für nichts. Aber wenn du für mich etwas tun willst: Töte die Westhexe und befreie die Munkeln, dann werde ich dir so viel Verstand geben, daß du der weiseste Vogelscheuch des ganzen Reiches sein wirst!«

»Ach, so ist das! Erst haben Sie es von Dorothy verlangt, und weil sie es nicht tun will, verlangen Sie es jetzt von mir?«

»Mir ist gleich, wer es tut«, sagte die Große Oz mit ihrem süßesten Lächeln. »Aber solange die Munkeln nicht befreit sind, gebe ich dir keinen Verstand, tut mir leid.«

Und so schlich der Vogelscheuch traurig und mit hängenden Schultern zu seinen Freunden zurück und murmelte vor sich hin: »Mir kommt vor, die Große Oz ist doch nicht so ein gütiger Zauberer, wie alle sagen. Und ein Herz braucht sie vielleicht noch dringender als der Blecherne Holzfäller.«

Am nächsten Tag war der Blecherne Holzfäller an der Reihe, mit dem Großen Oz zu sprechen.

»Ob Riesenkopf oder schöne Dame – ich werd ihm meine Meinung schon sagen«, sagte er, bevor er mit dem Soldaten aufbrach. Aber als er im Thronsaal stand, war da weder ein Kopf noch eine schöne Dame auf dem Thron, sondern ein fürchterliches Ungeheuer, das halb wie ein Drache, halb wie ein Nashorn aussah und nach allen Seiten über den Thronsessel quoll. Hätte der Blecherne Holzfäller ein Herz gehabt, wäre es ihm sicher in die Hosen gerutscht. Aber zum Glück hatte er kein Herz und genaugenommen auch keine Hosen.

»Ich bin Oz, der Große und Schreckliche«, brüllte das Ungeheuer. »Wer bist du, und was willst du von mir?«

»Ich bin ein Blecherner Holzfäller, und ich wollte Sie eigentlich bitten, mir ein Herz zu geben. Aber es sieht so aus, als ob Sie selber kein Herz hätten, und ich denke, ich bin umsonst gekommen.«

»So?« brüllte das Ungeheuer. »Und warum sollte ich dir ein Herz geben, wenn ich Herzen zu verschenken hätte?«

»Weil ich Sie darum bitte und weil jedenfalls niemand sonst es kann!«

»Ich möchte dir ein Herz geben, aber nur unter einer Bedingung!«

»Wahrscheinlich verlangen Sie von mir auch, daß ich die Westhexe umbringen soll.«

»Richtig! Wenn du Dorothy hilfst, die Munkeln zu befreien, dann kannst du kommen und dir das größte, freundlichste und liebevollste Herz von ganz Oz holen.«

»Und ohne Bedingungen wollen Sie nichts für uns tun?«

»Du hast gehört, was ich gesagt habe.«

»Dann auf Wiedersehen, und bleiben Sie weiter so nett und freundlich!« sagte der Blecherne Holzfäller laut, drehte sich um und ging hinaus.

Niedergeschlagen kam er zu seinen Freunden zurück.

»Es nützt alles nichts, er läßt nicht mit sich reden. Wenn wir die Westhexe nicht umbringen, will er nichts für uns tun.«
Am nächsten Tag holte der Soldat mit dem grünen Bart den Ängstlichen Löwen ab.
»Ich werde ihn anbrüllen«, dachte der Löwe, »vielleicht fürchtet er sich dann und erfüllt unsere Wünsche.«
Aber als er in den Thronsaal kam, war da niemand, den er hätte anbrüllen können. Über dem Thron hing ein flammender, lodernder Feuerball, so heiß, daß der Löwe sich ganz zur Tür zurückziehen mußte, um sich nicht die Barthaare zu versengen. Eine leise, ruhige Stimme kam aus dem Feuerball und sagte: »Ich bin Oz, der Große und Schreckliche. Wer bist du, und was willst du von mir?«
»Ich? Ich bin der Ängstliche Löwe. Ich bin mit Dorothy gekom-

men, weil ich Sie um etwas Mut bitten wollte. Aber vielleicht sollte ich lieber gehen?« Und der Löwe wollte sich schon zur Tür hinausdrücken.

Aber bevor er ging, drehte er sich noch einmal um: »Ja, aber was ich noch sagen wollte: Also, ich finde es nicht sehr anständig von Ihnen, daß Sie Dorothy und dem Vogelscheuch und dem Blechernen Holzfäller nicht helfen wollen.«

»Ich würde ihnen ja helfen, und dir auch, aber nur, wenn ihr auch mir helft!« sagte die Stimme aus dem Feuerball.

»Ich hab's ja gewußt: Hexen töten. Das kann ich nicht. Ich kann nicht einmal eine Maus auffressen.«

Und damit schlich der Löwe traurig zurück zu den anderen.

Sie versammelten sich alle in Dorothys Zimmer und hielten Rat.

»Mir kommt vor, wenn ich keinen Verstand kriegen kann, dann muß ich eben ohne auskommen«, sagte der Vogelscheuch traurig, obwohl man es ihm nicht ansah, denn sein Gesicht grinste so fröhlich wie immer.

»Und ich ohne Herz«, sagte der Blecherne Holzfäller.

»Und ich ohne Mut«, sagte der Löwe.

»Jedenfalls sind wir nicht schlechter dran als vorher«, meinte der Vogelscheuch.

Dorothy wollte nicht weinen, aber sie konnte nichts dagegen tun.

»Ich hab euch ja alle wirklich gern, aber ich will trotzdem nach Kansas zurück«, schluchzte sie.

»Ja, Dorothy ist schlechter dran als vorher«, sagte der Vogelscheuch und legte nachdenklich den Kopf schief. »Vorher war sie zu Hause, und jetzt ist sie in der Fremde.«

In diesem Moment kam das grüne Mädchen herein, um das Abendessen zu bringen. Als sie das Essen auf den geschnitzten

Tisch stellte und die weinende Dorothy sah, sagte sie: »Na können Sie sich nicht an den Luxus gewöhnen? Oder ist es Ihnen schon zuwenig luxuriös hier?«
»Na, hör mal!« empörte sich der Blechmann.
»Laß du nur Dorothy in Ruhe!« knurrte der Löwe und fletschte seine Zähne, so daß das grüne Mädchen zur Tür zurückwich.
»Wenn du in der Fremde wärst und nie mehr nach Hause könntest, dann würdest du auch weinen!« sagte der Vogelscheuch und vergaß ganz, »oder so kommt es mir wenigstens vor« anzuhängen.
Da verlor das grüne Mädchen plötzlich sein spöttisches Lächeln und wurde ganz bleich.
»Aber ich bin auch in der Fremde«, sagte sie leise. »Ich kann auch nie mehr nach Hause zurück.«
»Das ist schlimm«, sagte der Vogelscheuch, und der Blecherne Holzfäller, dem schon vor Mitleid mit Dorothy die Tränen herunterrollten, weinte so stark, daß ihm wieder einmal die Kiefer einrosteten und der Vogelscheuch ihn schnell ölen mußte.
»Warum kannst *du* denn nicht zurück?« fragte Dorothy, während sie sich die Nase putzte.
»Weil bei mir zu Hause die böse Westhexe herrscht und alle Leute versklavt hat. Ich war als kleines Mädchen bei meiner Tante hier in der Smaragdenen Stadt auf Besuch, als die Westhexe die Macht über die Munkeln an sich gerissen hat. Und seither habe ich meine Familie nicht mehr gesehen.«
»Dann bist du ein Munkel?« fragte der Vogelscheuch erstaunt. »Man sagt doch, die Munkeln sind rot, und du bist grün!«
»Hier in der Stadt sind alle grün. Schaut euch doch an, ihr seid ja selber auch grün!«

Die vier Freunde schauten sich an. Das war ihnen bisher noch gar nicht aufgefallen, sie sahen wirklich alle grün aus. Sogar der schwarze Toto hatte einen leicht grünlichen Schimmer in seinem Fell.

»Außerdem sind die Munkeln nicht rot, sie ziehen sich nur rot an«, sagte das grüne Mädchen. »So schöne rote Kleider haben wir gehabt. Aber jetzt tragen alle nur mehr Fetzen und haben fast nichts zu essen. Es gibt keine Obstbäume, keine Gemüsegärten, keine Kornfelder, keine Kartoffeläcker, keine Weiden für die Kühe und Schafe, und deswegen gibt es auch kein Fleisch, keine Milch, keinen Käse und nicht einmal Wolle, aus der man Kleider machen könnte. Die Westhexe verlangt von den Munkeln, daß sie überall Bilsenkraut und Tollkirschen und Stechäpfel anpflanzen, damit sie daraus ihre Hexensalben und Zaubertränke machen kann. Früher haben wir im Herbst so viele Pilze gehabt, aber jetzt dürfen nur mehr Fliegenpilze wachsen. Die einzigen Blumen, die wachsen dürfen, sind Fingerhut und Eisenhut, die sind zwar schön, aber giftig. Die Leute legen sich heimlich kleine Gemüsegärten an, irgendwo im Wald versteckt. Aber wenn die Hexe sie findet, dann wird sie wütend und bestraft die Leute, weil sie den kostbaren Ackergrund verschwenden, und dann müssen sie das Gemüse ausreißen und dort auch das giftige Zeug anpflanzen!«

»Ja, aber wozu braucht sie denn die viele Hexensalbe und den vielen Zaubertrank?« fragte Dorothy.

»Das braucht sie eben, um den Zauber immer wieder zu erneuern, der ihr die Macht über die Munkeln gibt. Es braucht sehr viel Zaubertrank, um so viele Leute zu verzaubern.«

Der Vogelscheuch legte den Kopf schief. »Die Hexe braucht also die Macht, damit sie ihre Zaubertränke bekommt, und sie braucht die Zaubertränke, damit sie die Macht behält? Ich glaube, da müßte ich sehr viel Verstand haben, um das verstehen zu können.«

»Aber wenn die Leute sich weigern würden, Bilsenkraut und Stechäpfel anzubauen, dann hätte die Hexe nicht genug Zauberkraft, um sie alle zu verzaubern?« fragte Dorothy.

»Das stimmt schon, aber sie können nicht aufhören, solange sie verzaubert sind. Es gibt einfach keinen Ausweg, und niemand kann uns helfen, nicht einmal der Große Oz.«

»Und dann verlangt er von mir, *ich* soll es tun!« sagte Dorothy kopfschüttelnd.

»*Du*?« Das grüne Mädchen staunte.

»Ja, weil ich die Silberschuhe habe und den Hexenkuß.«

»Ja, das wäre schön, wenn du es könntest.«

»Wenn ich es könnte, würde ich es tun. Aber ich kann niemand umbringen, nicht einmal eine Hexe. Das habe ich noch nie gemacht.«

»Aber«, sagte der Vogelscheuch, der noch immer seinen Kopf schief hielt, »für die Munkeln genügt es vielleicht, wenn du der Hexe ihre Zauberkraft wegnehmen kannst. Wegen ihnen mußt du sie nicht umbringen.«

»Ja, aber wie soll ich denn das!« rief Dorothy verzweifelt.

»Zu *irgendwas* müssen die Silberschuhe doch gut sein«, sagte der Vogelscheuch und wiegte seinen Strohkopf. »Oder wenigstens kommt es mir so vor.«

»Versuchen könnten wir es ja«, sagte der Blecherne Holzfäller. »Und wenn sie mich versklavt – etwas viel Schlimmeres, als ohne Herz zu leben, kann es auch nicht sein.«

»Wenn ihr geht, dann komme ich mit«, sagte der Ängstliche Löwe. »Ich habe zwar schreckliche Angst vor der Hexe, aber nachdem ich sowieso immer Angst haben muß, ist es auch egal.«

»Ich fürchte mich nicht«, sagte der Vogelscheuch, »dazu bin ich zu dumm. Und wenn sie mich versklavt, bin ich sicher zu dumm, um den Unterschied zu merken.«

»Ach ja«, sagte Dorothy, »dann gehen wir eben. Etwas Schlimmeres, als ewig in der Fremde zu leben, kann mir bei der Westhexe auch nicht passieren.« Und dann sagte sie zu dem grünen Mädchen: »Für den Großen Oz hätte ich es nicht getan. Aber dich mag ich.«

»Das ist lieb von euch«, sagte das grüne Mädchen, »aber ihr solltet es nicht tun. Ihr werdet nie mehr zurückkommen, das weiß ich!«

»Statt zu jammern, solltest du lieber mitkommen«, sagte der Blecherne Holzfäller. »Schließlich sind es ja deine Leute!«

»Es gibt keine Hilfe für uns«, sagte das grüne Mädchen schluchzend, »ich glaube nicht daran.« Und dann ließ sie die vier allein.

»Mir kommt vor, ihr solltet euch ausschlafen, damit ihr morgen kräftig seid«, sagte der Vogelscheuch. »Leute aus Fleisch müssen auf sich aufpassen.«

Und so gingen Dorothy, Toto und der Löwe schlafen, und der Blecherne Holzfäller und der Vogelscheuch verbrachten die Nacht mit Grübeln und Pläneschmieden.

12. Kapitel

Die Westhexe

Der Soldat mit dem grünen Bart brachte Dorothy und ihre Freunde wieder zum Stadttor. Der Torwächter öffnete ihnen das innere Tor, nahm ihnen die Brillen ab und legte sie wieder in die große Kiste. Dann öffnete er das äußere Tor und ließ die Reisegesellschaft wieder hinaus.

»Bitte, welche Straße geht zu den Munkeln?« fragte Dorothy den Torwächter.

»Zu den Munkeln?« Der Torwächter war verblüfft. »Ja, da müßtet ihr die lila Straße gehen, aber weit werdet ihr nicht kommen. Die Straße ist längst verfallen und vom Wald zugewachsen. Niemand geht zu den Munkeln.«

»Und warum nicht?«

»Ja, glaubst du, wir haben Lust, Sklaven der Westhexe zu werden?«

»Ihr müßt ja schöne Feiglinge sein, daß ihr die Munkeln so einfach im Stich laßt! Und euer Großer Oz ist auch nicht so groß, wie er tut, sonst hätte er schon längst etwas gegen die Westhexe unternommen!«

»Psst, Kind, so darf man nicht reden. Der Große Oz ist weise und mächtig, und er wird schon seine Gründe haben. Wir glauben, daß er seit vielen Jahren einen großen, gewaltigen Zauber vorbereitet, mit dem er die Westhexe eines Tages vernichten wird. Und bis dahin beschützt er die Smaragdene Stadt, und nie-, niemals wird die Westhexe ihre Macht bis zu unserer Stadt ausdehnen!«

»Haben Sie eine Ahnung! *Uns* hat er geschickt, daß wir die Westhexe vernichten sollen, weil er sich nämlich überhaupt nicht zu helfen weiß gegen sie!«

»Mein kleines Mädchen, das kann ich nicht glauben. Oder aber…«, der Torwächter stutzte einen Augenblick, und dann bekam er ganz ehrfürchtige Augen, »oder aber ihr seid die mächtigen Zauberwesen, die der Große Oz geschaffen hat, um die Westhexe zu vernichten.« Und er verbeugte sich tief.

»Gar nicht hat er mich geschaffen. Ich komme aus Kansas. Und da will ich auch wieder hin!« schimpfte Dorothy, drehte dem Torwächter den Rücken und marschierte los, die lila Straße ent-

lang. Und der Vogelscheuch, der Blecherne Holzfäller, der Ängstliche Löwe und Toto marschierten mit ihr.
Schon bald lag die Smaragdene Stadt weit hinter ihnen. Die Straße führte durch ein hügeliges Land. In der Nähe der Stadt gab es noch viele Bauernhöfe, aber je weiter sie wanderten, um so öfter trafen sie auf Häuser, die verlassen und verfallen waren. Anscheinend näherten sie sich dem Land der Munkeln, wo jetzt die Westhexe herrschte.
Statt Feldern und Obstgärten waren links und rechts der Straße nur mehr Dorngebüsch, Disteln und Ginster zu sehen. Das Land wurde dürr und steinig, und immer öfter mußte der Blecherne Holzfäller Gestrüpp und Dornenranken weghacken, damit sie weitergehen konnten. Die Sonne brannte herunter auf das steinige Land, und es gab weit und breit kein Wasser. Dorothy, Toto und der Löwe waren durstig.
Der Vogelscheuch, der ja nicht müde wurde, lief, wenn die Straße frei war, voraus, oder er zwängte sich auch durch das Dornengebüsch längs der Straße, um nach Wasser oder Früchten für die Durstigen Ausschau zu halten. Die Dornen zerrissen ihm die Kleider, so daß überall bald das Stroh herausschaute, aber wenigstens taten sie ihm nicht weh.
Einmal holten die anderen ihn ein, als er sinnend vor einer Pflanze mit großen, schwarzglänzenden Beeren stand: »Es sieht nicht so aus wie das Obst, das du sonst immer ißt«, sagte er zu Dorothy. »Mir kommt vor, es sind vielleicht diese giftigen Dinger, von denen das grüne Mädchen erzählt hat.«
»Es sind Tollkirschen«, sagte der Blecherne Holzfäller, der sich im Wald auskannte. »Wer sie ißt, wird verrückt davon.«
»Hoffentlich finden wir bald etwas anderes«, sagte Dorothy,

»sonst werde ich noch *vor Durst* verrückt. Tante Emily sagt, daß man nach drei Tagen ohne Wasser verrückt wird.«

Aber sie fanden nichts und mußten sich hungrig und durstig schlafen legen, als die Sonne unterging. Dorothy, Toto und der Ängstliche Löwe kuschelten sich eng aneinander, und der Blecherne Holzfäller und der Vogelscheuch hielten Wache...

Dorothy erwachte davon, daß der Vogelscheuch sie rüttelte. »Wach auf, Dorothy, wach auf!« flüsterte er. »Ich höre etwas!«

Es war noch fast dunkel, im Westen waren noch die Sterne zu sehen, aber im Osten wurde der Himmel schon grau. Der Blecherne Holzfäller stand da mit erhobener Axt und spähte angestrengt in die Runde. Auch der Ängstliche Löwe und Toto waren erwacht, und beide spitzten unruhig die Ohren und witterten.

»Jemand kommt!« sagte der Löwe. »Toto und ich können es riechen.«

Jetzt hörte auch Dorothy, was der Vogelscheuch gehört hatte. Es war das Geräusch von gleichmäßigen Schritten, wie von Leuten, die im Takt marschieren. Das Geräusch kam von der Straße, die ins Landesinnere führte.

»Vielleicht sind es Soldaten«, sagte Dorothy. »Wir sollten uns verstecken!« Sie versuchte, in das Dornengebüsch am Straßenrand einzudringen, aber es gelang ihr nicht. Der Blechmann wollte ihr mit seiner Axt zu Hilfe kommen, aber der Vogelscheuch sagte: »Das hat keinen Sinn. Wenn du einen Weg durchs Gebüsch hackst, brauchen sie nur dem Weg zu folgen. Wir müssen davonlaufen, die Straße zurück!«

Der Löwe nahm Dorothy auf den Rücken und lief mit ihr die Straße entlang, Toto, der Vogelscheuch und der Holzfäller hin-

terher. Doch plötzlich blieb der Löwe stehen. »Von dort kommen auch welche!« flüsterte er. »Ich kann sie riechen.«
»Also doch ins Gebüsch!« sagte der Holzfäller und begann zu hacken. Aber so schnell er auch hackte, das Geräusch kam immer näher, und bald wurden im grauen Dämmerlicht zwei Trupps von Soldaten sichtbar, die auf sie zumarschierten, der eine von Osten, der andere von Westen. Sie trugen rote, verschlissene Röcke und waren mit Lanzen und Hellebarden bewaffnet.
»Dann müssen wir kämpfen!« sagte der Blecherne Holzfäller. Der Holzfäller stellte sich im Westen auf und der Löwe im Osten. Die Soldaten marschierten im Gleichschritt, aber seltsam schwankend, und alle hatten die Augen weit aufgerissen.
»Hab... hab keine Angst, Dorothy«, sagte der Löwe mit gepreßter Stimme. »Dem ersten, der uns zu nahe kommt, dem... dem beiße ich den Hals durch.«
»Und dem ersten, der mir zu nahe kommt, hacke ich den Kopf ab!« brummte der Blecherne Holzfäller.
Die Soldaten mit den seltsamen Augen kamen näher. Der Löwe ließ sein schrecklichstes Gebrüll hören. Da blieben die vordersten Soldaten plötzlich stehen, aber die hinteren marschierten weiter und rannten in sie hinein. Ein paar fielen hin, andere stolperten über sie, und einige machten kehrt und wankten zurück in die Richtung, aus der sie gekommen waren. Einen Augenblick lang sah es so aus, als ob sie gleich alle davonlaufen würden. Aber da ertönten von irgendwoher zwei scharfe Pfiffe, und alle richteten sich wieder in Reih und Glied aus und marschierten weiter auf die fünf Freunde zu. Da brüllte der Löwe ein zweites Mal, und wieder kamen die Trupps in Unordnung und

wollten davonlaufen, aber die gleichen scharfen Pfiffe brachten sie wieder dazu weiterzumarschieren.
Jetzt sah Dorothy, woher die Pfiffe gekommen waren. Hinter jedem Trupp marschierte ein Soldat, der besser gekleidet war und statt der Lanze ein Schwert in der Hand hielt und in der anderen eine Pfeife. ›Das werden die Offiziere sein‹, dachte Dorothy.
»Ergebt euch!« brüllten jetzt die beiden Offiziere von hinten. »Ihr seid Gefangene der Westhexe!«
»Ich beiße euch die Köpfe ab!« brüllte der Löwe.
»Und ich hacke sie euch ab!« schrie der Blecherne Holzfäller.
»Nein, das geht nicht«, sagte Dorothy da. »Ihr könnt ihnen doch nicht die Köpfe abhacken.«
»Ich will niemandem gern seinen Kopf wegnehmen«, brummte der Blecherne Holzfäller, »aber es sind Hexensoldaten.«
»Es sind Munkeln«, sagte Dorothy.
»Und mir kommt vor, sie sind verzaubert«, sagte der Vogelscheuch.
Und Dorothy sagte: »Wir müssen uns ergeben.«
Der Holzfäller senkte seine Axt, und der Löwe ließ den Kopf hängen. Bald waren sie von den Soldaten umringt und mußten mit ihnen gehen.
Die Soldaten marschierten fast den ganzen Tag mit ihren Gefangenen die Straße entlang zum Schloß der Westhexe. Sie sprachen kein Wort und taten den fünf Freunden auch nichts Böses. Zweimal hielt der Trupp bei einem Brunnen an, und alle tranken Wasser. Aber zu essen gab es den ganzen Tag nichts. Dorothy merkte, daß die Soldaten sie immer wieder verwundert anstarrten, aber wenn sie einen von ihnen ansah oder etwas zu ihm sagen

wollte, blickte er scheu zur Seite und beeilte sich, von ihr wegzukommen und mit einem anderen Soldaten den Platz zu tauschen.

Die Landschaft, durch die sie zogen, war traurig und eintönig. Da waren riesige Felder, auf denen nur Tollkirschen wuchsen, dann wieder marschierten sie stundenlang zwischen Stechapfelsträuchern. Einmal dachte Dorothy, daß sie nun an den Meeresstrand kämen, aber es war ein weites Feld, auf dem nur Eisenhut wuchs, eine wunderschöne Blume mit schlankem Stiel und vielen tief dunkelblauen Blütenglocken. Aber so schön diese Pflanze ist, so giftig ist sie auch.

Die meisten Häuser, an denen sie vorbeikamen, sahen aus, als wären sie schon seit vielen Jahren nicht mehr repariert worden. Die Leute, die man sah, trugen verschlissene Kleider, die nie ausgebessert wurden. Sie arbeiteten in langen Reihen auf den Feldern, und nie sah man welche miteinander sprechen. Wenn der Trupp mit den Gefangenen vorbeikam, schauten die Leute auf den Feldern auf, starrten eine Weile herüber und wandten sich dann wieder stumm ihrer Arbeit zu.

Je weiter die Gefangenen ins Land kamen, desto mehr Leute trafen sie, die in großen Körben die giftigen Kräuter zur Hexe schleppten. Alle hatten diesen stolpernden, schwankenden Gang und die aufgerissenen Augen, wie sie die Soldaten hatten.

Am späten Nachmittag endlich sahen die Gefangenen das Schloß. Es war eigentlich mehr eine Burg, mit einer Mauer aus gewaltigen Steinblöcken rundherum und einem hohen, runden Turm. Innerhalb der Mauer waren hohe Holzgerüste, wo die Hexenkräuter zum Trocknen aufgehängt wurden, Schuppen und Scheunen, wo die trockenen Kräuter gelagert waren, es waren aber auch Ställe für Schweine, Rinder und Hühner da, Kornspeicher, Backöfen, und überall wurde gearbeitet.

Die Soldaten führten die Gefangenen in einen großen Saal, der sich gleich neben dem Turm befand. Der Saal war hoch und kahl, aus roh behauenen Steinen gemauert. Die kleinen Fenster an den Schmalseiten ließen nur wenig Licht herein, es war düster und kühl. An einem Ende des Saals stand ein großer, steinerner Thron, ansonsten war er leer.

Der eine Offizier ging fort, um der Hexe Meldung zu machen, und nach kurzer Zeit schon kam sie herein. Sie trug einen prächtigen roten Mantel mit Goldstickerei, der ihr zu lang war und hinter ihr nachschleifte. Auf dem Kopf hatte sie eine funkelnde Krone aus Gold und blutroten Rubinen, aber unter der Krone trug sie ein altes graues Kopftuch, aus dem zerzauste Haarbüschel hervorstanden, und unter dem Mantel trug sie einen grauen Arbeitskittel und Holzpantoffeln. Es sah so aus, als käme sie gerade aus der Küche und hätte sich nur rasch die Zeichen ihrer königlichen Macht übergeworfen.

Sie kam flink hereingehuscht, hüpfte auf den Thron und ließ die Beine herunterbaumeln.

»Na, wen haben wir denn da? Besuch, Besuch, wie nett!« Sie grinste Dorothy an und deutete auf ihren Mantel: »Ich habe mich auch extra feingemacht für meinen netten Besuch, damit du nicht vielleicht glaubst, du hast es mit einer alten Schmuddelhexe zu tun. Ich bin die Königin hier im Land. Nein, nein, ihr braucht euch nicht vorzustellen, ich weiß, wer ihr seid. Und ich weiß auch, daß euch Oz geschickt hat, der sich der Große und Schreckliche nennt.«

»Uns hat niemand geschickt, wir sind von selber gekommen!« sagte Dorothy.

»So? Dann wolltet ihr also nur einmal kurz vorbeischauen und guten Tag sagen? Wie nett! Ich habe euch aber nicht eingeladen, weil ich leider keine Zeit für Besuche habe. Ich habe nämlich zu tun, zu tun, zu tun. Den ganzen Tag, von früh bis spät. Eine Königin muß sich schließlich kümmern um ihr Land. Und deshalb sollte ich euch einfach alle ins Verlies werfen, wo ihr verhungern oder verrosten oder euch von den Motten auffressen lassen könnt, ganz, wie es jedem am liebsten ist. Aber ich mache dir einen Vorschlag: Du gibst mir deine hübschen Silberschuhe, und ich schicke euch wieder zurück in die Smaragdene Stadt. Da könnt ihr dem Großen Oz einen schönen Gruß ausrichten und ihm sagen, es dauert nicht mehr lange: Dann komme ich und hole mir die Smaragdene Stadt und das ganze Land Oz dazu!«

In diesem Moment duckte sich der Ängstliche Löwe und sprang mit einem gewaltigen Satz die Hexe an. Aber mitten in der Luft prallte er gegen eine unsichtbare Wand, fiel zu Boden und blieb halb betäubt liegen.

Die Hexe lachte: »Nein, nein, so einfach geht das nicht. Ich wäre eine schlechte Hexe, wenn ich mich nicht gegen Löwen zu schützen wüßte.«

Dorothy lief zu dem Ängstlichen Löwen, um zu sehen, ob er sich arg weh getan hatte. Aber er rappelte sich schon wieder auf die Beine und flüsterte traurig: »Man kann ihr nichts tun. Sie ist zu mächtig.«

»Sie brauchen gar nicht so sicher tun«, sagte Dorothy zu der Hexe. »Auch Hexen kann was passieren. Auf eine ist schon einmal ein Haus draufgefallen, und sie war tot!«

»Ich weiß, ich weiß! Die arme Osthexe hat eben nicht aufgepaßt. Übrigens bin ich dir gar nicht böse deswegen, sie wäre mir sowieso nur im Weg gewesen. Ich will nämlich die Königin von ganz Oz werden! Also, was ist, gibst du mir die Schuhe?«
»Ich denke gar nicht daran!«
»So? Also, dann ab ins Verlies! Du wirst es dir schon noch überlegen!« Und so brachten die Soldaten die fünf in den Kerker unter dem hohen Turm.
Da saßen sie nun auf altem, feuchtem Stroh. Durch eine winzige Luke kam ein bißchen Licht herein, zu essen gab es nichts, nur einen Krug Wasser.
»Jetzt wird sie uns also verhungern lassen«, sagte Dorothy traurig. »Zumindest uns drei.«
Der Blecherne Holzfäller schaute in sein Ölkännchen und fand gerade noch drei Tropfen Öl darin, die ausreichten, um seine Kiefer zu ölen, aber nicht mehr. »Und ich werde bald verrosten«, sagte er.
Der Vogelscheuch betrachtete mit schiefgelegtem Kopf das Stroh auf dem gestampften Erdboden und murmelte: »Und ich werde in diesem feuchten Keller bald verfault und verschimmelt sein.«
»Es ist aus mit uns!« sagte der Ängstliche Löwe.
»Vielleicht nicht«, sagte Dorothy. »Ich habe noch die Silberschuhe. Und irgendwas muß an denen dran sein, sonst wäre die Hexe nicht so wild drauf, sie zu kriegen.«
»Ich verstehe nur nicht, warum dir die Hexe die Schuhe nicht einfach weggenommen hat«, grübelte der Holzfäller.
»Vielleicht, weil sie es nicht kann«, antwortete der Vogelscheuch. »Dorothy hat den Hexenkuß auf der Wange.«

»Ja«, sagte Dorothy, »sonst hätte sie uns vielleicht schon längst verzaubert. Aber wenn sie glaubt, daß ich Angst kriege und ihr die Schuhe freiwillig gebe, da kann sie lange warten!«
»Es muß schön sein, wenn man so mutig ist wie du«, sagte der Ängstliche Löwe. »Ich habe schreckliche Angst.«
»Ich ja auch«, sagte Dorothy und kraulte ihm die Mähne, »aber deswegen kriegt sie die Schuhe noch lange nicht.«
Der Löwe begann unruhig herumzuschnuppern: »Hier ist jemand«, sagte er ängstlich, »ich kann es deutlich riechen.«
Der Blecherne Holzfäller sprang auf und versuchte in die Dunkelheit zu spähen. »Wo denn?« fragte er.
»Ganz in der hintersten Ecke, dort kommt es her!«
Der Holzfäller tastete sich vorsichtig mit seinen blechernen Füßen durch den Raum. Dabei stocherte er mit dem Stiel seiner Axt im Stroh.
»Au!« hörte man da eine Stimme.
»Wer ist da?« fragte der Blecherne Holzfäller scharf.
»Niemand, überhaupt niemand! Bitte mich nicht zu beachten, ich bin gar nicht der Rede wert«, kam eine Stimme aus der Dunkelheit.
Der Blecherne Holzfäller griff ins Stroh und bekam einen Arm zu fassen. »Na, komm nur heraus, wir tun dir nichts. Wir sind doch selber Gefangene.«
Er brachte seinen Fund nach vorn in die Ecke unter der Luke, die vom letzten Licht des Tages noch ein wenig erhellt war. Es war ein kleiner alter Mann, der Dorothy kaum bis zum Kinn reichte und ganz müde und abgemagert aussah. Er trug eine verschlissene rote Jacke und hielt einen verbeulten, spitzen roten Hut in der Hand.

Der Vogelscheuch legte seinen Kopf schief: »Das kann nicht stimmen«, sagte er. »Du bist zwar nicht viel, aber wenn du gar niemand wärst, dann wärst du noch weniger. Oder zumindest kommt mir das so vor.«

»Ich bin Glum«, sagte der kleine Mann, »aber ich bin wirklich nicht der Rede wert. Am besten, ihr laßt mich wieder unterm Stroh verkriechen.«

»Ich bin Dorothy«, sagte Dorothy, »und das ist der Blecherne Holzfäller, das ist der Vogelscheuch, das ist der Ängstliche Löwe, und das ist Toto. Bist du auch gefangen?«

»Und ob ich gefangen bin, und wie ich gefangen bin! Schon seit so vielen Jahren! Bitte, laßt mich wieder ins Stroh!«

»Wir sind erst seit heute gefangen«, sagte Dorothy.

Und der Vogelscheuch fügte hinzu: »Und wir waren es vorher noch nie, deswegen können wir es noch nicht so gut. Darum wäre es sehr freundlich von dir, wenn du uns sagen würdest, wie man ein richtiger Gefangener ist.«

»Das lernt man ganz von selber. Ein paar Wochen hier, und ihr habt längst vergessen, was Freiheit ist.«

»Das glaube ich nicht«, sagte Dorothy. »Ich bin schon so lange hier in Oz, aber ich habe noch nicht vergessen, wie es in Kansas ist. Oder doch?« Plötzlich kam es Dorothy so vor, als wäre sie schon immer hier gewesen und könnte sich ein Leben ohne all die seltsamen Abenteuer gar nicht mehr vorstellen.

»Eigentlich will ich gar nicht lernen, wie man ein guter Gefangener ist. Ich würde lieber wissen, wie wir hier wieder herauskommen, ohne daß die Hexe die Silberschuhe kriegt.«

»Silberschuhe?« Der alte Mann wurde aufmerksam. »Hast du gesagt: Silberschuhe?«

»Ja«, sagte Dorothy, »hier, an meinen Füßen.«
»Du mußt eine mächtige Hexe sein, wenn du Silberschuhe hast. Die sind so selten, daß nicht einmal die Westhexe bis jetzt welche hat auftreiben können.«
»Ich bin keine Hexe! Ich bin Dorothy und komme aus Kansas. Dort gibt es keine Hexen.« Und sie erzählte dem alten Mann die ganze Geschichte, vom Wirbelsturm angefangen bis zu ihrer Gefangennahme. »Aber wer bist *du*, und warum bist du hier eingesperrt?«
»Ich bin nur ein alter Narr! Früher, da war ich ein Zauberer. Nur ein kleiner, ein ganz kleiner Zauberer. Kein Vergleich mit dem Großen Oz oder so jemandem, nur so für den Hausgebrauch. Warzen behandeln und verlorengegangene Hausschlüssel wiederfinden, das waren so meine Spezialitäten, ja, und dann noch ein Zauber, der die Fliegen von der Speisekammer abhält und auch etwas gegen Schnecken im Salatbeet. Aber sonst nicht viel, höchstens ein bißchen Rauch aus den Ohren und Seifenblasen aus dem Mund, als Belustigung für die Kinder an den Festtagen. Als die Hexe die Macht an sich gerissen hat, hat sie mich zu ihrem Hofnarren gemacht. Sie lacht sich schief und bucklig über mich, weil ich nichts kann. ›Komm, zeig mir was!‹ sagt sie, und dann stehe ich da wie ein Fisch und lasse Seifenblasen aus meinem Mund steigen, und sie lacht sich halb tot. Und dann macht sie ein Gewitter, daß das ganze Munkel-Land erzittert und die Leute wieder einmal merken, was für eine gnädige Herrin sie haben. Aber eigentlich braucht sie mich wegen der Fliegen. Denn komischerweise kann sie den Fliegenzauber nicht, und das ganze Giftzeug in ihrer Hexenküche zieht die Fliegen an wie nichts. Wenn sie zornig wird, weil ich ihr den

Fliegenzauber nicht verrate, wirft sie mich in den Kerker, aber sie läßt mich nie lange drin, weil sie mich braucht. Aber ich verrate ihr den Fliegenzauber nicht, denn wenn sie mich nicht mehr braucht, ist es ganz aus mit mir.« Der alte Mann kicherte.

»Schade, daß es schon dunkel ist«, sagte der Vogelscheuch. »Ich hätte das gerne gesehen, das mit den Seifenblasen.«

»Und wie hat sie das überhaupt gemacht: die Macht an sich gerissen?« wollte Dorothy wissen.

»Ach, früher war sie einfach eine Wetterhexe. Die Leute sind zu ihr gekommen, wenn sie Regen gebraucht haben, oder auch, wenn das Vieh krank war. Aber man hat ihr viel Geld zahlen müssen dafür, daß sie Regen gemacht hat oder das Vieh gesund gezaubert. Später ist sie aber draufgekommen, daß es umgekehrt bessergeht: Sie hat das Vieh krank gezaubert und Geld dafür verlangt, daß sie den Zauber aufhebt. Sie konnte es auch über einem Dorf so lange regnen lassen, bis alles überschwemmt war, und hat erst damit aufgehört, wenn die Leute ihr gegeben haben, was sie wollte.

Aber einmal haben die Leute genug gehabt von ihr und wollten ihr nicht mehr gehorchen. Da hat sie so viele Gewitter gemacht, wie sie konnte – sie kann mindestens fünfzig Gewitter auf einmal machen –, und im ganzen Umkreis von ihrem Schloß die Ernte kaputtgemacht. So war im nächsten Jahr eine große Hungersnot in diesen Dörfern. Da hat die Hexe zu den Leuten gesagt: ›Ihr habt mich beleidigt, und darum habe ich es regnen lassen, und jetzt müßt ihr hungern. Aber wenn ihr euch entschuldigt, dann werde ich euch verzeihen und euch einen wunderbaren Trank geben, der den Hunger vertreibt.‹ Der Hunger war so schlimm,

daß viele gekommen sind, um sich zu entschuldigen und den Trank zu bekommen.
Der Trank nützt auch wirklich. Solange er wirkt, spürt man weder Hunger noch Durst. Aber man verliert auch seinen eigenen Willen dabei und muß tun, was die Hexe einem befiehlt, man kann sich nicht wehren dagegen. Wenn aber die Wirkung nachläßt, dann spürt man den Hunger doppelt und dreifach. Die Hexe hat den Leuten, die den Trank im Leib hatten, befohlen, ihr Korn und ihre Kartoffeln, ihre Obstbäume und Gemüsepflanzen aus dem Boden zu reißen und dafür Hexenkräuter anzupflanzen. ›Wozu braucht ihr Brot und Kartoffeln, ihr habt ja den Zaubertrank‹, hat sie gesagt. Aber wenn der Zaubertrank nicht mehr gewirkt hat und die Leute hungrig waren und frischen Zaubertrank wollten, dann hat sie zu ihnen gesagt: ›Bring mir einen Korb Tollkirschen und einen Korb Seidelbast, einen Korb Eisenhut und einen Korb Schierling, dann bekommst du wieder Zaubertrank für eine ganze Woche!‹ Aber denen, die sich gewehrt haben und lieber Kartoffeln anbauen wollten, denen hat sie so lange die Äcker verhagelt, bis sie der Hunger gezwungen hat, auch zu ihr um den Zaubertrank zu kommen. Vernünftiges, eßbares Zeug darf nur auf den Feldern der Hexe angebaut werden, und davon kriegen nur die was, die der Hexe besondere Dienste leisten: ihre Offiziere und Beamten. Und wenn die Hexe Geburtstag hat, dann läßt sie Brot und Kartoffeln ans Volk verteilen, und alle müssen sie hochleben lassen und auf ihre Gesundheit anstoßen. Mit Zaubertrank natürlich. Dort, wo es nichts mehr zu essen gibt, dort müssen die Leute von selber immer wieder zu ihr um Zaubertrank kommen, und so kann sie ihre Gewitter immer

weiter und weiter ausschicken und immer mehr Leute zwingen, statt vernünftigem Essen ihren Zaubertrank zu schlukken.«

»Also so funktioniert das!« hörte man im Dunkeln den Vogelscheuch sagen. »Weil die Leute nichts zu essen haben, müssen sie Zaubertrank trinken, und weil sie Zaubertrank trinken, müssen sie statt Kartoffeln Hexenkräuter anbauen, und weil sie statt Kartoffeln Hexenkräuter anbauen, haben sie nichts zu essen.«

»Genauso ist es, mein ausgestopfter Freund«, sagte Glum. »Das geht immer so im Kreis. Und ich – ich kann nichts dagegen tun und muß der Hexe den Narren machen, und deshalb schäme ich mich so. Und die Hexe wird derweil immer reicher und mächtiger.

Dabei hat sie gar nichts davon, denn sie schuftet von früh bis spät in ihrer Hexenküche, um all den Zaubertrank zu brauen. Sicher, für die grobe Arbeit hat sie sich Leute abgerichtet, die das Feuer schüren und die Kräuter in die Kessel schütten. Aber das Zusammenmischen und Rühren, das muß sie selber besorgen, denn wenn jemand auf die richtige Zusammensetzung des Zaubertranks käme, dann wäre es mit ihrem Geheimnis vorbei. Sie hat gar keine Zeit, ihren Reichtum und ihre Macht zu genießen. Macht muß schon etwas Seltsames sein, daß Leute ihr ganzes Leben dafür opfern.«

»Ja«, sagte der Vogelscheuch, »wenn nicht einmal jemand mit Verstand das begreifen kann, dann muß es schon etwas *sehr* Seltsames sein.«

»Aber irgendwie müssen die Leute doch aus diesem Kreis herauskommen können«, sagte Dorothy grübelnd. »Wenn ich nur wüßte, was für ein Zauber in meinen Silberschuhen steckt, dann könnte uns der vielleicht helfen.«

»Das weiß niemand außer der Westhexe«, sagte Glum. »Wenn nicht einmal die Nordhexe und der Große Oz es gewußt haben.«

»Immerhin«, sagte der Vogelscheuch. »Wenn es gar niemand wüßte, wäre es noch schlimmer. Oder zumindest kommt mir das so vor.«

»Da hast du recht«, sagte Dorothy. »Vielleicht können wir es herausfinden.« Aber das sagte sie schon halb im Schlaf, denn von dem langen Marsch und all den Aufregungen war sie schrecklich müde geworden.

13. Kapitel

Der Kampf

Am nächsten Morgen ließ die Westhexe Dorothy wieder zu sich bringen. »Gib ihr auf keinen Fall die Silberschuhe!« hatte Glum ihr noch nachgerufen, als die Soldaten sie aus dem Kerker holten. »Sie wird ihr Versprechen sicher nicht einhalten!«
Und der Vogelscheuch hatte geflüstert: »Versuch lieber herauszufinden, wozu sie gut sind!«

Dorothy fühlte sich sehr einsam, als sie diesmal ganz allein vor der Hexe stand.
»Na, hast du eine angenehme Nacht verbracht?« fragte die Hexe, die heute auf Krone und Königsmantel verzichtet hatte und in ihrer Arbeitsschürze auf dem Thron saß.
»Sie wissen genau, daß es finster und kalt ist in Ihrem Kerker und daß wir Hunger haben!«
»Ja, mein Kind, das ist deine eigene Schuld. Wenn du nicht so halsstarrig wärst, dann könntet ihr schon längst wieder in Freiheit sein. Du brauchst mir nur die Schuhe zu schenken, und ich lasse euch laufen!«
»Nein! Ich weiß, daß das Zauberschuhe sind, und deswegen kann ich sie Ihnen nicht geben, weil Sie gemein sind. Und mit den Schuhen würden Sie nur noch mehr Gemeinheiten anstellen!«
»Aber, aber, wie redest du mit einem Erwachsenen! Kind, Kind!« Die Hexe schüttelte mißbilligend den Kopf. »Es ist wahr, die Schuhe haben einen kleinen Zauber, aber glaub mir, es ist ein ganz harmloser Zauber, nichts, was ich nicht auch ohne die Schuhe könnte. Mir geht es auch gar nicht um die Schuhe, mein Kind. Ich will nur, daß du einsiehst, daß ein kleines Mädchen nicht ungefragt überall hineinstiefeln kann, wo es nichts zu suchen hat. Eine kleine Strafe muß sein.«
Dorothy überlegte eine Weile. Dann sagte sie ganz unschuldig: »Wenn ich ganz sicher wüßte, daß Sie nichts Schlimmes damit anstellen können, dann würde ich sie Ihnen vielleicht geben.«
»Ach, du willst listig sein, meine Kleine!« Die Hexe lachte. »Ich kann dir gerne verraten, wozu die Schuhe gut sind, weil dir das

ohnehin nichts nützt: Sie bringen den, der sie anhat, in drei Schritten dorthin, wohin er sich wünscht. Na, ist das vielleicht ein böser Zauber?«

»Der Zauber ist nicht böse. Aber *Sie* sind böse, und Sie würden sich nur irgendwo hinzaubern, um dort Gemeinheiten anzustellen. Ich geb die Schuhe nicht her. Und jetzt wünsch ich mich nach Hause!«

Da begann die Hexe schallend zu lachen. Sie schüttelte und wand sich auf ihrem Thron und klatschte sich auf die Schenkel. Dorothy war gar nicht zum Lachen zumute.

»Ja, für wie dumm hältst du mich eigentlich?« sagte die Hexe, als sie sich von ihrem Lachanfall halbwegs erholt hatte. »Ohne Zauberspruch nützen dir die Silberschuhe gar nichts. Und *den* weiß nur ich!«

Die Hexe beruhigte sich und wurde wieder ernst: »Na schön, mein Kind, du bleibst also verstockt! Dann werde ich dir jetzt einmal etwas sagen: Du hast wahrscheinlich schon erraten, daß die Lippenstiftschmiererei auf deiner Wange da mich daran hindert, dich zu töten oder zu verzaubern. Aber sie hindert mich nicht daran, dich in den Kerker zu stecken. Und dort wirst du ganz von selbst verhungern, und die Schuhe gehören mir. Und noch etwas, mein Kind: Ab jetzt gibt es auch kein Wasser mehr. Ich verliere nämlich langsam die Geduld mit dir. Und jetzt marsch in den Kerker mit dir, ich kann nicht den ganzen Tag mit dir verplempern, ich habe zu tun, zu tun, zu tun!« Sie gab den Soldaten einen Wink, und Dorothy wurde wieder in den Kerker gebracht.

»Jetzt ist es aus mit uns«, sagte der Löwe leise, als Dorothy von ihrer Unterredung mit der Hexe berichtet hatte. »Ohne Wasser

sind wir in drei Tagen tot. Und wenn der Tod dann kommt, kann ich ihm nicht einmal mutig ins Auge sehen.« Traurig vergrub der Löwe den Kopf in seinen Tatzen.
»Die drei Tage sind noch nicht um«, sagte der Vogelscheuch. »Vielleicht fällt uns noch etwas ein.«
Dorothy tröstete den Löwen: »Wenigstens wissen wir jetzt, wozu die Silberschuhe gut sind. Wenn wir nur auch noch den Zauberspruch erfahren würden, dann könnte ich uns alle retten. Ach ja, da fällt mir etwas ein: Wie ich da so vor der Hexe gestanden bin und die Hexe gesagt hat, daß die Schuhe einen dorthin tragen, wo man sich hinwünscht, da habe ich mich nach Hause gewünscht. Ich hätte euch fast im Stich gelassen!«
»Du hättest auch sehr viel Mut gebraucht, um dich freiwillig zu uns in den Kerker zu wünschen«, sagte der Löwe.
»Du hast wahrscheinlich gerade nicht daran gedacht, daß wir im Kerker sitzen«, sagte der Vogelscheuch. »Sobald es dir eingefallen wäre, hättest du dich zu uns zurückgewünscht.«
»Sicher«, sagte der Blecherne Holzfäller. »Du hast ja ein Herz.«
»Ja vielleicht«, sagte Dorothy, »aber leid tut es mir trotzdem.«
In diesem Augenblick öffnete sich die Kerkertür, und ein Soldat mit einem Krug trat herein. Mit aufgerissenen Augen und so, als ob er es auswendig gelernt hätte, leierte er herunter: »Die Königin der Munkeln läßt sagen, daß sie nicht unmenschlich sein will, und schickt euch hier diesen köstlichen Trank.« Damit stellte er den Krug nieder und ging.
Der alte Glum stürzte sofort herbei, schnupperte vorsichtig an dem Krug und sagte: »Ich hab's gewußt! Könnt ihr euch denken, was das für ein Trank ist?«

»Denken kann ich nicht«, sagte der Vogelscheuch, »aber vielleicht kann ich es erraten: Ist es der Zaubertrank, von dem du erzählt hast?«
»Genau das ist es!« Der alte Glum schüttelte betrübt den Kopf. »Jetzt ist es aus mit euch. Ihr werdet davon trinken, genau wie alle anderen, wenn ihr nur erst durstig genug seid.«
»Wir müssen ihn wegschütten!« sagte Dorothy.
»Ja? Versuch's nur!«
Dorothy wollte den Krug aufheben. Aber er war schwer wie ein Felsen und ließ sich nicht von der Stelle rücken.
Der kleine alte Zauberer lachte kläglich. »Das ist ein Trick, den hat sie schon oft mit mir gemacht. Wenn du den Krug ausschütten willst, ist er schwer wie ein Berg, aber wenn du davon trinken willst, ist er auf einmal federleicht.«
»Hast du denn auch schon davon getrunken?«
»Aber ja, schon oft. Jedesmal, wenn sie mich in den Kerker wirft, spielt sie dieses Spiel mit mir. Und jedesmal werde ich schwach. Aber sie kann es nicht immer mit mir machen, denn immer, wenn ich vom Zaubertrank getrunken habe, verliere ich mein bißchen Zauberkraft, und sie braucht ja meinen Fliegenzauber. Und ich muß dich warnen, Dorothy: Der Hexenkuß schützt dich nur davor, daß du *gegen deinen Willen* verzaubert wirst. Aber wenn du *freiwillig* aus dem Krug trinkst, dann hilft dir auch der Hexenkuß nicht mehr.«
»Das ist bitter«, sagte Dorothy, »ich habe schrecklichen Durst.«
»Ich auch«, sagte der Löwe.
Toto winselte und wollte zu dem Krug hin, denn auch er hatte ja

seit dem gestrigen Tag nichts mehr getrunken. Aber Dorothy hielt ihn fest.

»Ich weiß, was wir machen«, sagte Dorothy. »Der Vogelscheuch und der Blecherne Holzfäller müssen den Krug bewachen. Euch kann nichts passieren, weil ihr nicht durstig werdet. Und ihr dürft keinen von uns an den Krug heranlassen, wenn wir schwach werden!«

»Das ist eine gute Idee«, sagte der Holzfäller.

Er und der Vogelscheuch setzten sich links und rechts neben den Krug.

»Und jetzt denken wir nach, wie wir den Zauberspruch erfahren können«, sagte Dorothy. »Weißt *du* ihn nicht vielleicht?«

Glum schüttelte den Kopf. »Ich weiß nichts, gar nichts. Aber laßt mich trinken, ich verdurste nämlich schon fast, und ich kann euch ja doch nicht helfen.«

»Kommt gar nicht in Frage!« brummte der Holzfäller.

»Mir kommt vor, wenn wir dich trinken lassen, dann mußt du vielleicht der Hexe helfen«, sagte der Vogelscheuch. »Oder habe ich das falsch verstanden?«

»Ach ja, ihr habt ja recht. Da seht ihr, wie schwach ich bin. Ich bin zu nichts gut, zu gar nichts.« Und er verkroch sich wieder in seinem Winkel und warf Stroh über seinen Kopf, damit ihn niemand sah.

Der Löwe strich unruhig hin und her. »Ich bin auch schrecklich durstig. Seid ihr sicher, daß ihr mich aufhalten könnt, wenn ich schwach werde?«

»Bitte, werde nicht schwach!« Dorothy streichelte dem Löwen die Mähne. »Die Hexe würde vielleicht machen, daß du uns alle anspringst und zerreißt!«

»Das wäre furchtbar«, sagte der Löwe. »Ich werde mich sehr anstrengen, nicht schwach zu werden.«
Und er schlich, so weit es ging, von dem Krug fort und legte sich auf den Boden.
Aber gleich sprang er wieder auf und machte erschrocken einen Satz nach hinten. »Au!« schrie er. »Was war das? Etwas hat mich gebissen!«
»Ich war das! Und zwar, weil du mich fast zerquetscht hast!« pfiff eine Stimme aus dem Stroh.
»Entschuldigung vielmals, es tut mir leid.« Der Löwe setzte sich vorsichtig nieder, dabei schaute er aufmerksam nach hinten, um sich nicht wieder auf jemand draufzusetzen, und begann sich die Bißwunde auf seinem Bauch zu lecken.
»Da kommt man, um zu helfen, und statt daß man freundlich empfangen wird, zerdrückt einen so ein riesiger Lackel halb! Ich hätte gute Lust, gleich wieder zu verschwinden.«

Im Stroh raschelte es, und eine große graue Ratte kam zum Vorschein.
Dorothy sprang erschrocken auf.
»Aha! Schon wieder ein kleines Mädchen, das sich vor Ratten fürchtet!« sagte die Ratte verächtlich.
»Nein, nein, entschuldige! Tante Emily sagt nur, daß Ratten bissig sind und Krankheiten übertragen. Und außerdem stehlen sie das Korn aus den Scheunen.«
»Ich kenne deine Tante Emily nicht, und bissig bin ich nur, wenn es sein muß. Leider muß es oft sein. Und was das Korn betrifft: Von irgendwas müssen wir ja leben. Aber lassen wir das. Ich habe dir einen Vorschlag zu machen.«
»Ja, bitte?« sagte Dorothy und setzte sich wieder, wenn auch etwas zögernd.
»Ich heiße Annadora. Du brauchst dich nicht vorzustellen, ich weiß Bescheid. Wir Ratten wissen alles. Wir sind viele. Wir sind überall, wir sehen alles, wir hören alles.
Einige von uns waren dabei, als ihr gefangen wurdet. Ich selber habe zufällig miterlebt, wie du heute im Thronsaal mit der Hexe gesprochen hast. Wir wissen, daß du hierhergekommen bist, um die Munkeln von der Hexe zu befreien. Wir halten zwar nicht viel von kleinen Mädchen, die sich vor Ratten fürchten, aber was soll man machen: Außer dir hat bis jetzt noch niemand versucht, etwas gegen die Hexe zu unternehmen. Also haben wir Ratten beschlossen, dir unsere Hilfe anzubieten. Nicht aus besonderer Freundschaft für die Munkeln übrigens: Sie stellen Rattenfallen auf und halten sich Katzen und Hunde, die uns jagen und fressen. Aber früher haben sie wenigstens Korn angebaut, das wir stehlen konnten. Und was ist jetzt? Seit die Hexe sie

alle in ihrer Gewalt hat, gibt es nur mehr Stechäpfel und Tollkirschen in den Scheunen. Wovon sollen wir leben? Früher haben sie Giftköder für uns ausgelegt, das war schlimm genug, aber jetzt ist *alles* voll Gift. Zuerst haben wir uns in den Wald verzogen und dort unser Futter gesucht. Aber die Hexe läßt die Munkeln ja auch die Wälder umhauen und überall ihre Giftplantagen anlegen. Das ist kein Leben mehr, wir sind schon bald genauso hungrig wie die Munkeln! Also, hast du einen vernünftigen Vorschlag, was wir tun könnten?«

»Ja, da muß ich erst nachdenken«, sagte Dorothy.

»Wenn ihr alles wißt«, ließ sich der Vogelscheuch hören, »wißt ihr dann auch den Zauberspruch, mit dem Dorothy die Silberschuhe laufen lassen kann?«

»Ich habe von dem Zauberspruch gehört, heute morgen im Thronsaal. Seither wird die Hexe ständig von uns überwacht. Wenn sie irgendein Wort darüber fallenläßt, können wir Dorothy sofort benachrichtigen.«

»Ja, aber warum sollte sie denn den Zauberspruch aufsagen, solange sie die Schuhe nicht hat?« sagte Dorothy. »Wenn wir darauf warten, sind wir vorher längst verdurstet. Wir müssen Glum fragen! Glum, wo steckst du denn?«

»Laßt mich in Ruhe!« kam Glums Stimme kläglich von irgendwo unter dem Stroh.

Dorothy suchte ihn im Dunkeln und setzte sich neben ihn. »Glum, die Ratten wollen uns helfen. Sie können überall hinschleichen, sie sehen alles und hören alles. Was glaubst du, können sie den Zauberspruch für die Schuhe herausfinden?«

»Wenn sie Zauberbücher lesen können, dann schon!«

»Könnt ihr Zauberbücher lesen?« fragte Dorothy die Ratte.
»Nein, wir können überhaupt nicht lesen. Das ist Menschenzeug, damit geben wir uns nicht ab.«
»Glum, die Ratten können keine Zauberbücher lesen!«
»Na siehst du, es hat keinen Sinn. Also laß mich in Ruhe, es nützt ja doch alles nichts!«
»Glum! Kannst *du* Zauberbücher lesen?«
»Ja, aber nur solche, die da sind. Zauberbücher, die zehn Stockwerke über mir in einem verschlossenen Turmzimmer sind, die kann ich nicht lesen. Also laß mich in Frieden.«
»Also, was ist?« fragte die Ratte ungeduldig. »Habt ihr etwas zu tun für uns, oder soll ich wieder gehen?«
»Nein, bleib noch, uns fällt schon etwas ein!« sagte Dorothy bittend. »Könnt ihr in das Turmzimmer hinein?«
»Natürlich. Wir kommen überall hinein, wir haben überall unsere Gänge und Löcher.«
»Und könnt ihr Glum die Bücher bringen?«
»Die Bücher? Nein, die sind zu schwer für uns!«
Da meldete sich der Vogelscheuch zu Wort: »Was sind Bücher, bitte? Und was ist lesen? Ist das etwas, wozu man Verstand braucht?«
Dorothy mußte schnell überlegen, wie man am besten beschreibt, was Bücher sind. »Bücher, das sind... das sind viele Blätter, die zusammengeheftet sind. Und auf den Blättern sind Zeichen aufgemalt, die einem sagen, was der gedacht hat, der sie aufgemalt hat.«
»Und muß man alle Zeichen lesen, damit man den Zauberspruch findet?«

»Nein, nur das Blatt, auf dem der Zauberspruch geschrieben steht.«
»Dann…« Der Vogelscheuch legte den Kopf schief und hob seinen Zeigefinger. »Dann müssen die Ratten eben dieses Blatt bringen.«
»Und woher, bitte schön, sollen wir wissen, welches Blatt?« Die Ratte putzte sich den Schnurrbart.
»Ich hab's!« rief Dorothy. »Ihr müßt aus jedem Buch das erste Blatt herausbeißen und hierherbringen. Aber jede Ratte muß sich ganz genau merken, wo das Buch steht, aus dem sie ihr Blatt hat. Denn auf dem ersten Blatt steht immer, was für ein Buch das ist. Und wenn Glum euch sagt, welches das richtige Buch ist, dann müßt ihr alle Blätter aus diesem Buch bringen!«
»Na endlich fällt dir etwas ein!« pfiff die Ratte.
»Aber ihr müßt euch beeilen, damit wir das richtige Buch noch finden, bevor es dunkel wird!«
»Das machen wir schon«, sagte die Ratte und war verschwunden.
Dorothy redete inzwischen dem kleinen alten Zauberer gut zu, doch unter seinem Stroh wieder herauszukommen. »Die Ratten bringen dir aus jedem Buch die erste Seite, und du mußt ihnen sagen, welches das richtige Buch ist! Bitte, Glum, du kannst uns helfen. Das stimmt gar nicht, daß du nicht der Rede wert bist!«
Der alte Zauberer setzte sich auf. »Entschuldige, Dorothy, ich war wirklich schon ganz hoffnungslos. Ich habe so lange bei der Hexe den Narren gespielt, daß ich jeden Mut verloren habe.«
»Dann mußt du auch zum Großen Oz gehen«, sagte der Löwe. »Vielleicht gibt er dir welchen!«

Aber da kam schon die erste Ratte mit einem Blatt Papier zwischen den scharfen Zähnen, und Glum mußte unter die Lichtluke gehen, um es lesen zu können.
»Das ist es nicht«, sagte er und ließ es fallen.
Die nächste Ratte kam und brachte ein Blatt.
»Das ist es auch nicht«, sagte Glum.
Bald riß der Strom der Ratten überhaupt nicht mehr ab. Glum stand unter der Lichtluke, nahm ein Blatt nach dem anderen in die Hand, entzifferte es und schüttelte den Kopf. Aber endlich, beim fünfzigsten oder sechzigsten Buch sagte er: »Das könnte es sein! Weißt du noch, welches Buch es war?« Die kleine Ratte zu seinen Füßen nickte eifrig mit dem Kopf. »Dann zeig es den anderen, und bringt mir alle Blätter aus diesem Buch!«
Die Ratten pfiffen und quiekten einander zu, und dann rannten und huschten sie durch ihre geheimen Gänge und Löcher ins Turmzimmer und nagten und rissen die Blätter aus dem Zauberbuch. Glum nahm eines nach dem anderen in Empfang, um die Sprüche und Rezepte darauf zu entziffern. Aber es wurde immer dunkler, denn draußen kündigte sich schon der Abend an.
»Ich kann nichts mehr sehen«, sagte Glum schließlich, »es ist zu dunkel, und meine Augen sind auch nicht mehr, was sie einmal waren!«
»Wenn du oben gleich bei der Lichtluke wärst, könntest du dann besser sehen?« fragte der Vogelscheuch.
Der alte Zauberer nickte.
»Dann soll der Blecherne Holzfäller sich unters Fenster stellen, und du steigst auf seine Schultern!«
Der Holzfäller stellte sich unter die Luke und hob den Zauberer

auf seine Schultern. Der Vogelscheuch nahm den Ratten die Blätter aus der Hand und reichte sie Glum hinauf.
Endlich rief der Alte: »Da, das ist es! Dorothy, wir haben es geschafft! Aber... aber da fehlt ein Stück!« Streng schaute er die Ratte an, die ihm das Blatt gebracht hatte: »Du hast einen Buchstaben herausgebissen!«
Die Ratte senkte den Kopf. »Ich weiß doch nicht, was Buchstaben sind!«
»Ach, wir schaffen es schon!« sagte der Zauberer und sprang vor lauter Aufregung von den Schultern des Blechmanns und kollerte ins Stroh.
»Dorothy, versuch es einmal. Wünsch dich nur einmal in die andere Ecke und sag: ›Jippeti-jappeti-jab!‹«
Dorothy sagte: »Jippeti-jappeti-jab«, aber nichts passierte.
»Jippeti-jappeti-jac!«
Wieder nichts.
»Jippeti-jappeti-jad!«
Nichts. Glum und Dorothy probierten das Alphabet durch, bis sie zum k kamen.
»Jippeti-jappeti-jak!« sagte Dorothy. Da machten die Schuhe mit ihr drei Schritte, und sie stand in der anderen Ecke.
»Hurra!« schrien alle, und die Ratten pfiffen aufgeregt.
»Und jetzt?« sagte Dorothy.
»Jetzt?« Der kleine Zauberer sah Dorothy an. »Jetzt kannst du dich nach Hause wünschen!«
»Nein, nein! Wir müssen etwas gegen die Hexe unternehmen!«
»Ja, dann – dann müssen wir bis Mitternacht warten. Vorher geht die Hexe nie schlafen.«

»Und wann ist Mitternacht?« fragte der Vogelscheuch.
»Mitternacht ist um diese Jahreszeit, wenn der Große Wagen über dem Polarstern steht. Und weil unsere Lichtluke nach Norden geht, können wir das sehen.«
So warteten die Gefangenen bis Mitternacht, obwohl es schwer war, geduldig zu bleiben. Denn sie wußten, daß ihnen noch ein harter Kampf bevorstand, und ihr Durst wurde immer größer. Doch weder der Löwe noch der alte Zauberer dachten auch nur einen Augenblick daran, schwach zu werden und aus dem Krug mit dem Zaubertrank zu trinken, der ja immer noch neben der Kerkertür stand. Jetzt, wo sie Hoffnung hatten, bald frei zu sein, war es nicht mehr so schlimm, den Durst zu ertragen. Nur Toto winselte immer kläglicher und wollte unbedingt zu dem Krug.
Annadora, die Ratte, sagte: »Gut, wir verziehen uns vorläufig einmal. Wenn ihr uns braucht, dann pfeift einfach.«
Glum beobachtete das kleine Stück Sternenhimmel, das durch die Luke zu sehen war. Endlich war es Mitternacht.
Dorothy stand auf, holte einmal tief Luft und wünschte sich – »Jippeti-jappeti-jak« – vor die Kerkertür. Die Schuhe machten drei Schritte, und der dritte Schritt führte Dorothy einfach mitten durch die geschlossene Tür.
Draußen hockte der Wachsoldat, der die Schlüssel zur Kerkertür hatte, auf dem Boden und schlief. Dorothy schlich an ihn heran, und vorsichtig, vorsichtig nestelte sie den Schlüsselbund von seinem Gürtel. Gerade als sie den Schlüsselbund herunter hatte, wachte der Soldat auf, sah sie erschreckt an und sprang auf. Dorothy wünschte sich – »Jippeti-jappeti-jak!« – ans andere Ende des Korridors. Der Soldat schaute verdutzt, rieb sich die Augen und begann ihr nachzulaufen. Dorothy lief vor ihm her,

und immer, wenn er ihr zu nahe kam, wünschte sie sich – »Jippeti-jappeti-jak!« – ein paar Meter weiter nach vorne oder um die nächste Ecke.
Schließlich sah sie eine Tür. Schnell schob sie den Riegel weg und schaute hinein. Es war eine Art Kohlenkeller. Dorothy lief hinein und kletterte auf den Kohlenhaufen. Der Soldat kam hinterher und kletterte ihr nach. Als er oben angekommen war, wünschte sich Dorothy – »Jippeti-jappeti-jak!« – schnell vor die Tür, schob den Riegel vor, und der Soldat war erst einmal gefangen. »Jippeti-jappeti-jak!« – und Dorothy war mit dem Schlüsselbund wieder zurück im Kerker bei ihren Freunden. Sie probierte die Schlüssel durch, bis sie den richtigen hatte, und alle schlichen vorsichtig hinaus. Aber anscheinend hatte niemand etwas von der Verfolgungsjagd mit dem Soldaten gehört, die Gänge waren still, und sie kamen ungehindert bis zu dem Tor, das aus dem Turm ins Freie führte. Aber für dieses Tor paßte keiner der Schlüssel, die Dorothy dem Wachsoldaten abgenommen hatte.
»Diesen Schlüssel hat wahrscheinlich nur die Hexe«, flüsterte Glum.
»Vielleicht, wenn ich mich durchs Tor wünsche und dabei einen von euch an der Hand nehme, dann wirkt der Zauber für uns beide?« flüsterte Dorothy.
»Davon ist nichts im Zauberbuch gestanden. Aber versuch's.«
Dorothy nahm den Vogelscheuch an der Hand, wünschte sich vors Tor und sagte: »Jippeti-jappeti-jak!« Die Schuhe machten drei Schritte, und Dorothy stand draußen vor dem Tor in der klaren Nacht. Aber der Vogelscheuch war drinnen gegen das Tor geprallt und zu Boden gekollert. Zum Glück war er mit

Stroh ausgestopft und tat sich nicht weh. Dorothy atmete die frische Nachtluft ein. Sie wäre gern zum Brunnen gegangen, aber sie wünschte sich wieder hinter das Tor zu den anderen.

»Was machen wir jetzt?« sagte sie ratlos.

»Ich glaube, es bleibt nichts anderes übrig, als daß du dich zur Hexe wünschst und ihr den Schlüssel stiehlst«, sagte der Blecherne Holzfäller.

Dorothy schluckte. »Ja, wenn es sein muß...«

»Moment!« Der Vogelscheuch hob seinen Finger in die Höhe. Dann machte er »Fffffff!« Er schüttelte erstaunt den Kopf: »Ich kann nicht pfeifen. Entweder braucht man dazu Verstand oder einen anderen Mund. Könnte jemand von euch bitte pfeifen, damit die Ratten kommen?« Dorothy machte den Rattenpfiff.

»Ja, was gibt's?« sagte Annadora, die wie aus dem Nichts herbeigehuscht war.

»Könnt ihr ein Rattenloch unter der Tür graben?« fragte der Vogelscheuch.

»Nichts leichter als das!« Annadora pfiff ein paar Ratten herbei, und in einer Minute hatten sie ein Loch unter der Tür gegraben, so breit, daß man eine Hand durchstrecken konnte.

»Jetzt wünsch dich hinaus, gib uns die Schuhe durchs Loch, wir sagen einer nach dem anderen: ›Jippeti-jappeti-jak!‹ und sind draußen«, sagte der Vogelscheuch.

»Ja, aber Toto? Toto kann nicht ›Jippeti-jappeti-jak!‹ sagen!«

»Ach ja. Warum eigentlich nicht?«

»Ich weiß nicht, er hat noch nie gesprochen.«

»Das ist seltsam. Aber glaubst du, daß er Verstand hat? Wenn er

Verstand hat und denken kann, dann genügt es vielleicht, wenn er ›Jippeti-jappeti-jak!‹ *denkt*?«
»Toto ist der klügste Hund der Welt! Er hat sicher Verstand!«
»Dann versuchen wir es!«
Dorothy ließ aber Glum den Vortritt. Der zog seine Schuhe aus, zog die silbernen Hexenschuhe an, und – »Jippeti-jappeti-jak!« – war er draußen. Dann reichte er die Schuhe durch das Rattenloch zurück. Dorothy stellte Totos Hinterpfoten in die Schuhe und flüsterte ihm ins Ohr: »Such den alten Glum, Toto, such ihn! Jippeti-jappeti-jak!« Toto wedelte mit dem Schwanz, und auf einmal war er weg. Glum fing ihn draußen ein und reichte die Schuhe wieder durch das Rattenloch. Der Vogelscheuch konnte seine blauen Stiefel nicht ausziehen, denn ohne Stiefel waren seine Füße keine Füße, sondern bloß zwei Bündel Stroh. Also stellte er sich mit den Spitzen der Stiefel in die Silberschuhe, und – »Jippeti-jappeti-jak!« – war er draußen. Dann kam der Blecherne Holzfäller an die Reihe und dann der Löwe, der gerade nur zwei Krallen seiner Hinterpfoten in jeden Schuh hineinbekam. Aber das schadete nicht. Dorothy bekam ihre Silberschuhe wieder und wünschte sich als letzte hinaus.
An der Mauer des Burghofs plätscherte leise ein Brunnen, und Dorothy, Glum, Toto und der Ängstliche Löwe konnten sich endlich satt trinken.
»Und jetzt gehen wir in die Hexenküche!« sagte sie. »Wir schütten einfach allen Zaubertrank weg! Wenn es keinen Zaubertrank gibt, dann müssen die Munkeln ja wieder zu sich kommen! Und die Zauberkräuter in den Scheunen müssen wir verbrennen!«
Glum zeigte ihnen, welches der vielen Gebäude die Hexenküche

war. »Das Tor ist von innen verriegelt«, flüsterte er, »die Hexe kommt vom Turm durch einen unterirdischen Gang hinein.«
Dorothy wünschte sich in die Hexenküche, schob den schweren eisernen Riegel vom Tor und ließ die anderen ein. In der Mitte des Raums waren drei Feuerstellen, über denen große kupferne Kessel hingen. Die Glut unter den Kesseln war noch nicht ganz erloschen. Glum nahm eine Fackel von der Wand, hielt sie in die Glut, bis sie brannte, und hielt sie hoch, damit man den ganzen Raum sehen konnte. An den Wänden standen riesige Tonkrüge, und darüber waren hölzerne Borde angebracht, auf denen in Töpfen, Krügen, Gläsern und Körben allerhand Säfte und Pulver aufbewahrt wurden.
»Das in den großen Krügen, das ist der Zaubertrank!« sagte Glum.
Da machten sich der Löwe und der Blecherne Holzfäller ans Werk. Der Löwe stemmte sich gegen die Krüge und warf einen nach dem anderen um, und der Blecherne Holzfäller begann auf der anderen Seite und zerschlug einen nach dem anderen mit seiner Axt. Der Vogelscheuch lief zum Brunnen, sprang in das Becken und tauchte einmal ganz unter. Dann kam er zurück, triefend vor Nässe und fröhlich mit seinen nassen Stiefeln patschend, nahm eine Fackel, zündete sie an und lief, um die Scheunen mit den Hexenkräutern in Brand zu stecken.
Da tönte vom Turm her ein fürchterliches Kreischen.
»Jetzt mußt *du* etwas tun!« sagte Glum leise zu Dorothy.
Von dem Lärm war die Hexe erwacht, stand oben im Turmfenster und sah, was geschehen war. Sie nahm eine Pfeife aus ihrer Schürzentasche und ließ einen gellenden Pfiff ertönen. Da erwachten alle Soldaten in der Burg, kamen aus ihren Quartieren

und stolperten mit weit aufgerissenen Augen auf die Hexenküche zu.
›Die Ratten!‹ dachte Dorothy. Sie pfiff leise, und schon huschten aus allen Löchern Ratten hervor. Es mußten Tausende sein. Dorothy brauchte ihnen gar nicht zu sagen, was zu tun war. Mit schrillen Pfiffen liefen sie den Soldaten zwischen den Füßen herum, sprangen ihnen auf die Schultern und ins Gesicht und brachten sie in völlige Verwirrung. Soviel die Offiziere und die Hexe auch pfiffen, die Soldaten stolperten hierhin und dahin, fielen über die Ratten und übereinander und fanden sich nicht mehr zurecht.
Da griff die Hexe hinter sich, holte einen Besen hervor und sagte einen Spruch. Schon saß sie auf dem Besen und fuhr durch die Luft herunter, auf das Tor der Hexenküche zu. In ihrer Hand sah Dorothy etwas glänzen. Dorothy bückte sich, hob zwei Handvoll Erde auf und wünschte sich aufs Dach der Hexenküche. Und in dem Moment, als die Hexe vorbeiflog, warf Dorothy ihr die Erde in die Augen. Die Hexe schrie auf, der Besen zog eine taumelnde Schleife und fuhr über das Dach weg. Dorothy sah, daß der Hexe etwas aus der Hand gefallen war, wünschte sich auf den Boden zurück und wollte das Ding aufheben. Es war ein schwarzer Stab mit einer silbernen Spitze.
»Vorsicht!« schrie Glum und stürzte auf den Stab zu. »Wer das silberne Ende berührt, wird zu Stein!«
Da kam die Hexe auch schon wieder herangeschossen. Dorothy packte den Stab am schwarzen Ende und wünschte sich auf das Dach des Turms. Aber der Hexenbesen schoß schon wieder pfeifend heran, und Dorothy sah, wie die Hexe die Hand nach dem Stab ausstreckte.

»Jippeti-jappeti-jak!« flüsterte Dorothy, so schnell sie konnte, und wünschte sich an die Grenze des Munkel-Lands. In drei Schritten war sie genau an der Stelle, wo die Soldaten sie gefangengenommen hatten. Aber da hörte sie von fern das Pfeifen des Besens, der durch die Luft schoß, und vor dem hellen Streifen der Milchstraße am Himmel sah sie einen schwarzen Punkt, der rasch größer wurde.
»Jippeti-jappeti-jak!« – zurück zum Hexenturm. Die Scheunen mit den Hexenkräutern brannten hell in der Nacht. Und wieder hörte Dorothy das Pfeifen und sah die Hexe genau vor dem Mond, der gerade aufgegangen war, dahersausen.
»Jippeti-jappeti-jak!« – in die Smaragdene Stadt! Dorothy stand auf dem Marktplatz, und die Bauern, die hier in der Nacht ihr Obst und Gemüse abluden, damit die Städter am Morgen volle Stände vorfanden, rieben sich verwundert die Augen. Schon sauste der Hexenbesen heran.
»Jippeti-jappeti-jak!« – zum Haus von Boq, bei dem Dorothy das Fest mit den Mömpfen gefeiert hatte. Hier lag alles in tiefer Ruhe, nur ein Hund begann zu bellen, als Dorothy plötzlich auf dem Hofplatz auftauchte. Und wieder zischte der Hexenbesen daher.
»Jippeti-jappeti-jak!« – nach Kansas!
Dorothy stand in der großen, weiten Prärie, und hier graute gerade der Morgen. Da war die Scheune von Onkel Henry, da der Rinderstall und der Schweinestall. Aber wo das Haus gestanden hatte, war eine tiefe Grube ausgehoben worden, und daneben lagen Stapel von entrindeten Baumstämmen, Brettern und Balken. Onkel Henry baute ein neues Haus.
Dorothy sah sich um. Hierher konnte die Hexe nicht kommen.

In Kansas gab es keine Hexen. Was würde die Hexe tun, wenn sie Dorothy nicht mehr erreichen konnte? Dorothy brauchte nicht lange nachzudenken: Die Hexe würde sich an den anderen rächen.

Dorothy suchte den großen Stein hinter Tante Emilys Gemüsegarten, unter dem sie früher – vor so langer Zeit! – öfters ihre privaten Schätze versteckt hatte. Sie hob ihn hoch, legte den Zauberstab darunter, und dann: »Jippeti-jappeti-…« Da sah Dorothy Tante Emily mit zwei Wassereimern aus der Scheune treten. »Bis morgen, Tante Emily!« rief Dorothy, und – »Jippeti-jappeti-jak!« – trugen die Schuhe sie zurück auf den Hexenturm.

Über dem Munkel-Land lag noch immer die Nacht, aber die brennenden Scheunen gaben jetzt mehr Licht als der Mond, der hoch am Himmel stand. Dorothy sah, daß die Hexe mit dem Löwen kämpfte. Sie stieß auf ihrem Besen reitend immer wieder auf ihn herab, und der Löwe versuchte, sich mit Prankenhieben zu wehren. Dorothy wünschte sich auf den Burghof neben den Löwen, aber sobald die Hexe sie gesehen hatte, wünschte Dorothy sich zurück auf den Turm. Die Hexe stieß ein wütendes Geheul aus und flog hinter Dorothy her. Vom Turm aus sah Dorothy eine verfallene Mühle. »Jippeti-jappeti-jak!« – wünschte sie sich auf die Straße, die zu der Mühle führte. Die Hexe schoß hinterher. »Jippeti-jappeti-jak!« – wünschte sich Dorothy ans Ufer des Mühlbachs. Der Hexenbesen kam pfeifend nach. »Jippeti-jappeti-jak!« – wünschte sich Dorothy auf das große Mühlrad, das sich schon lange nicht mehr drehte. Der Besen zischte an sie heran. »Jippeti-jappeti-jak!« – wünschte sich Dorothy in die

Mühle hinein. Da prallte der Besen gegen die Hauswand, zerbrach, und die Hexe stürzte kopfüber in den Mühlbach. Das Wasser zischte, brodelte und dampfte, und die Hexe stieß einen schrecklichen Klagelaut aus. Dann war es still.

Dorothy schlich vorsichtig aus der Tür, die nur noch halb in ihren Angeln hing, schlich um das Mühlenhaus herum und lugte um die Ecke. Da saß die Hexe triefend und frierend im Mühlbach und wimmerte leise. Als sie Dorothy erblickte, schaute sie sie böse an und sagte: »Ich hab mir weh getan!«

»Geschieht Ihnen recht!« sagte Dorothy.

Da begann die Hexe zu schluchzen. »Du hast mich ins Wasser geschmissen. Du hast mich umgebracht!«

»*Ich* hab Sie nicht ins Wasser geschmissen! Und außerdem leben Sie noch!«

»Hättest du mich nur ganz umgebracht, du scheußliches Ding, so wie die arme Osthexe, dann müßte ich wenigstens nicht so leiden!«

»Ich *hab* die Osthexe nicht umgebracht!« Dorothy stampfte mit dem Fuß auf, und vor Zorn stiegen ihr die Tränen in die Augen. »Das war ein Unfall!«

»Ja, ja, mir soll's recht sein. Mich hast du jedenfalls ruiniert!« Die Hexe brach in lautes Weinen aus. »Ich bin keine Hexe mehr!« heulte sie. »Nie, nie darf eine Wetterhexe in fließendes Wasser fallen! Es ist aus und vorbei!«

»Ich weiß nicht, ob ich Ihnen das glauben kann. Vielleicht denken Sie sich nur irgendwas aus, damit Sie mich in die Finger kriegen!«

»So?« Die Hexe schniefte. »Sag einmal: ›Jippeti-jappeti-jak!‹«

Dorothy wünschte sich ans andere Ufer des Mühlbachs und sagte: »Jippeti-jappeti-jak!«
Nichts rührte sich. Die Hexe grinste boshaft.
»Aber was hat das mit Ihnen zu tun?«
»Soll ich dir was sagen? Die Schuhe haben einmal mir gehört. Ich habe ihnen selber den Zauber verliehen. Die Osthexe, das saubere Früchtchen, die hat sie mir vor Jahren gestohlen. Meine schönen Silberschuhe!« Und die Hexe begann wieder zu heulen.
»Ja«, sagte Dorothy traurig. »Und ich hab schon geglaubt, daß ich morgen wieder zu Hause sein kann.«
Die Hexe kicherte zwischen zwei Schluchzern.
»Lachen Sie nicht so blöd! Kommen Sie lieber aus dem Bach heraus, Sie kriegen sonst eine Lungenentzündung. Warten Sie, ich helfe Ihnen.«
Die Hexe hielt sich an Dorothys Hand fest und kletterte ächzend und stöhnend aus dem Bach heraus. Sie war jetzt nur mehr eine nasse alte Frau, die sich auf Dorothys Arm stützte, während sie langsam die Straße entlang auf das Schloß zugingen.

14. Kapitel

Die Befreiung

Langsam wurde es Morgen. Der Mond verlor seinen Glanz, und ein kühler Wind kam auf. Das Weiblein an Dorothys Seite klapperte vor Kälte mit den Zähnen, aber zwischendurch jammerte und schimpfte sie vor sich hin.

»Hören Sie doch auf!« sagte Dorothy, der das Gejammer auf die Nerven ging. »Wenn Sie nicht so gemein gewesen wären, wäre das alles nicht passiert!«

»Ach, was verstehst denn du davon!« murrte die ehemalige Hexe und stützte sich noch schwerer auf Dorothys Arm.

»Sie waren gemein zu den Munkeln! Und das ganze Land haben Sie ruiniert!«

»Hör mir auf mit den Munkeln! Die haben's nicht besser verdient. Die Dummen werden immer von den Klügeren beherrscht, so ist die Welt!«

»Aber wozu haben Sie denn unbedingt herrschen müssen? Sie waren doch sowieso schon reich und mächtig, und die Leute haben Ihnen viel Geld gezahlt fürs Wettermachen.«

»Mein liebes Kind! Wenn man nicht ständig auf der Hut ist, dann bleibt man nicht lange reich und mächtig. Es braucht nur irgendein junges Ding frisch von der Hexenschule daherzukommen und es billiger zu machen. Und wo bleib ich dann, ha? Dann rennen alle zu ihr um Regen, und ich hab das Nachsehen! Die Leute kennen ja keine Dankbarkeit. Nein, nein! Der sicherste Weg, um reich und mächtig zu bleiben, ist, *noch* reicher und mächtiger zu werden! Man darf erst gar niemand anderen neben sich dulden.«

Die Alte schnatterte mit den Zähnen. Dann sagte sie leise: »Außerdem ist es das einzige, was noch Spaß macht. Wenn man schon alles hat, was soll man sich da noch wünschen? Soll ich mich hinsetzen, die Hände im Schoß falten und meine goldenen Schätze anglotzen? Du hast keine Ahnung, wie langweilig das ist!«

»Aber hat es Ihnen denn nicht leid getan um das schöne Land? Alles haben Sie in einen Giftgarten verwandelt, nur für Ihren blöden Zaubertrank!«

»Na und? Was hätte ich denn tun sollen? Ich habe Zaubertrank gebraucht, um die Munkeln niederzuhalten. Was glaubst du denn, was passiert wäre, wenn ich plötzlich damit aufgehört hätte? Zum Teufel gejagt hätten sie mich! Was ist mir denn anderes übriggeblieben, als immer weiterzumachen? Es genügt nicht, die Macht an sich zu reißen, man muß auch verstehen, sie zu behalten. Und das ist schwere Arbeit, mein Kind, schwere Arbeit!« Die Hexe begann fast zu weinen: »Und man ist so allein dabei, so allein, und alle hassen einen! Und man muß immer weitermachen, immer weiter und weiter, sonst ist man verloren!«

Dorothy schüttelte verwundert den Kopf: »Dann waren Sie ja auch in einem… in einem Kreis gefangen!«

Die Hexe, die keine mehr war, wurde plötzlich ganz aufgeregt. Eifrig redete sie auf Dorothy ein: »Nicht wahr, du siehst das ein? Ich *konnte* nichts anderes tun, mir ist gar nichts anderes übriggeblieben, ich kann gar nichts dafür! Du wirst es ihnen erklären, ja? Du wirst nicht erlauben, daß sie mich verjagen oder bestrafen oder mir meine Schätze wegnehmen!«

Dorothy schaute verwirrt. Dann sagte sie: »Damit hab ich nichts zu tun. Das müssen Sie schon mit den Munkeln ausmachen.«

Da begann die alte Frau zu schreien: »Du willst mich ihnen ausliefern? Sie werden mich ins Gefängnis sperren, sie werden mir den Prozeß machen und mich verurteilen! Sie werden mir meine Schätze wegnehmen!«

Plötzlich setzte sie sich auf die Straße, verschränkte die Arme und sagte trotzig: »Ich gehe nicht zum Schloß. Ich gehe keinen Schritt mehr mit dir, ich bleibe hier!«

Dorothy blieb stehen und schaute die alte Frau ratlos an. Dann sagte sie: »Von mir aus! Machen Sie, was Sie wollen« und ging weiter. Nach einer Weile schaute sie über ihre Schulter. Da sah sie, wie die Alte in ihrem nassen Kittel sich aufrappelte und die Straße entlang davonhastete.

Als Dorothy sich dem Schloß näherte, kam ihr der Ängstliche Löwe entgegen. Als er sie sah, begann er zu traben, und auch Dorothy lief auf ihn zu und umarmte ihn.

»Wir haben uns schon um dich gesorgt, Dorothy«, sagte der Löwe, »da sind wir dich suchen gegangen!«

»Es ist alles in Ordnung«, sagte Dorothy. »Die Hexe ist keine Hexe mehr!«

»Das ist gut!« Der Löwe nahm Dorothy auf seinen Rücken und trabte mit ihr zum Schloß zurück.

Die Scheunen waren niedergebrannt und nur mehr Haufen glühender Kohlen. Die Munkel-Soldaten saßen da und rieben sich verwundert die Augen. Einige waren schon in die Vorratskammern eingedrungen und hatten die großen Käselaibe, die Brote und Milchkessel herausgetragen, und andere brieten Fleischstücke an großen Spießen über der Glut. Denn jetzt, wo der Zaubertrank nicht mehr wirkte, spürten sie alle schrecklichen Hunger.

Glum freute sich sehr, daß Dorothy nichts passiert war, und dann stieg er auf den Turm und befestigte ein weißes Leintuch im obersten Fenster. Das war das Zeichen für den Blechernen Holzfäller und den Vogelscheuch, daß Dorothy zurück war und sie nicht mehr weitersuchen mußten. Dorothy erzählte Glum und dem Löwen, was passiert war, und als der Vogelscheuch und der Blecherne Holzfäller zurückkamen, erzählte sie es noch einmal.

Als die Sonne aufging, kamen die ersten Munkeln mit ihren

Körben voll Hexenkräutern und wollten dafür Zaubertrank eintauschen, denn sie hatten schrecklichen Hunger.
»Da, schüttet die Körbe nur gleich ins Feuer!« sagte Glum zu ihnen. »Es gibt keinen Zaubertrank mehr!«
»Keinen Zaubertrank? Aber wir haben Hunger!«
»Dann geht und holt euch was zu essen. In den Vorratskammern ist noch genug!«
»Aber die Hexe? Erlaubt sie es denn?«
»Es gibt auch keine Hexe mehr!«
Die Munkeln sahen sich ratlos an, und einer sagte: »Aber wer wird dann für uns sorgen?«
»Für euch sorgen?« Glum wurde zornig. »Ja, *ihr* natürlich, wer denn sonst! Wacht auf! Oder habt ihr noch zuviel Zaubertrank im Leib? Wir sind frei! Die Hexe hat ihre Zauberkraft verloren, sie ist geflohen, wir brauchen ihr keine Tollkirschen und Stechäpfel mehr zu bringen!«
Da fielen sich einige der Munkeln um den Hals und beglückwünschten und küßten einander. Aber die anderen schauten sich ratlos an und sagten: »Wovon sollen wir dann leben? Wer gibt uns denn jetzt etwas für unsere Tollkirschen und unser Bilsenkraut?«
Glum wurde wütend und schrie: »Ja, dann holt sie euch doch zurück, eure Hexe!«, drehte sich um und verschwand im Schloß.
Da trat eine ältere Frau hervor, drehte sich zu den anderen Munkeln um und sagte: »Wenn die Hexe geflohen ist, dann brauchen wir doch keine Hexenkräuter mehr anzubauen. Wir werden wieder Korn und Kartoffeln und Obst und Gemüse anpflanzen! Wir werden wieder Schafe auf unseren Wiesen ha-

ben und Wolle für Kleider! In diesem Jahr werden wir es noch schwerhaben, weil wir keine Vorräte haben. Aber im nächsten Jahr wird es uns schon bessergehen, und im übernächsten Jahr haben wir es überstanden! Aber jetzt sollten wir erst einmal ein großes Fest feiern, damit wir wieder wissen, wer wir sind!«

Und das Fest wurde gefeiert. Alles Eßbare wurde aus den Vorratskammern der Hexe geholt, nur nicht das Korn und die Kartoffeln, denn das sollte als Saatgut für die nächste Ernte dienen. Boten wurden ausgeschickt, um die Munkeln aus den umliegenden Dörfern einzuladen und die Botschaft von der Befreiung im ganzen Munkel-Land zu verbreiten. Beim Tanzen, Essen und Singen schwitzten die Munkeln die letzten Reste des Zaubertranks aus und bekamen wieder ihr altes Selbstvertrauen.

Bald sprach sich auch herum, welche Rolle Dorothy, der Vogelscheuch, der Blecherne Holzfäller, der Ängstliche Löwe und Glum bei der ganzen Sache gespielt hatten, und die fünf wurden auf die Ehrenplätze gesetzt. Auch Toto bekam eine Ehrenwurst, und die Ratten bekamen die Käserinden. Aber Dorothy und ihre Freunde blieben nicht lange bei dem Fest, sie mußten sich erst einmal ausschlafen.

Sie schliefen den ganzen Tag und die ganze Nacht, und als sie am nächsten Morgen aufwachten, begann das Fest von neuem, denn die Munkeln wollten sie unbedingt dabeihaben, und außerdem waren noch mehr Munkeln aus den weiter entfernten Dörfern gekommen, die auch feiern wollten. Und wieder wurde gefiedelt und gesungen und getanzt und gegessen, und der alte Glum ließ Rauch aus seinen Ohren und Seifenblasen

aus seinem Mund kommen, und die Kinder lachten und klatschten.
Doch am dritten Tag sagte Dorothy zu ihren Freunden: »In der Nacht, wo wir mit der Hexe gekämpft haben, habe ich zu Tante Emily gesagt: ›Bis morgen, Tante Emily‹, und jetzt bin ich noch immer nicht zu Hause. Sie wird sich schreckliche Sorgen machen. Ich muß zum Großen Oz gehen und ihn an sein Versprechen erinnern. Wo doch jetzt die Silberschuhe nicht mehr funktionieren.«
»O ja«, sagte der Vogelscheuch, »und ich will endlich meinen Verstand kriegen!«
»Und ich mein Herz«, sagte der Blecherne Holzfäller.
»Und ich meinen Mut«, sagte der Ängstliche Löwe.
Da sagten sie den Munkeln, daß sie wieder in die Smaragdene Stadt reisen wollten. Die Munkeln waren sehr traurig, daß ihre Gäste schon gehen wollten, aber Glum sagte: »Es wird Zeit, daß wir mit dem Feiern aufhören und an die Arbeit gehen.«
»Das stimmt auch wieder«, sagten die anderen Munkeln.
Glum brachte Dorothy ein Abschiedsgeschenk, einen hübschen silbernen Gürtel. »Ich habe ihn in der Schatzkammer gefunden. Nimm ihn mit, er paßt gut zu deinen silbernen Schuhen! Die anderen Schätze werden wir brauchen, um in den Nachbarländern Lebensmittel einzukaufen, bis wir auf unseren Feldern wieder ernten können.«
Einer nach dem anderen umarmten die Freunde den kleinen Zauberer, und Toto schleckte ihm die Hand ab. Dann zogen sie los.
Die Munkeln, die den gleichen Weg hatten, begleiteten sie, und so war es eine fröhliche und kurzweilige Wanderung. In jedem

Dorf und an jeder Weggabelung gab es ein neuerliches Abschiednehmen, Händeschütteln und Umarmen, und der fröhliche Zug wurde immer kürzer.

Am Abend hatten sie das letzte Dorf vor der Grenze erreicht, und die Munkeln, die dort wohnten, luden sie ein, die Nacht bei ihnen zu verbringen. Wieder wurde ein Fest gefeiert, das bis Mitternacht dauerte, und die Munkeln, die vom Schloß kamen, erzählten denen, die zu Hause geblieben waren, von den Taten der fünf Freunde, und einer dichtete sogar ganz schnell ein Lied. Es handelte von einer herrlichen Fee mit goldenen Locken, einem Ritter in silberner Rüstung, einem Edelmann in seidenen Kleidern, einem goldenen Löwen, aus dessen Rachen Feuer sprühte, und einem gewaltigen schwarzen Hund, dessen Bellen Berge erschütterte. Als die Freunde begriffen, daß sie damit gemeint waren, mußten sie furchtbar lachen, und der Dichter war beleidigt. Aber das Lied wurde im Munkel-Land schnell bekannt, und noch nach hundert Jahren wurde es gesungen.

Am nächsten Tag wanderten die fünf zur Smaragdenen Stadt und kamen gegen Abend dort an.

15. Kapitel

Die Entdeckung

Die Reisenden gingen auf das große Stadttor zu, und der Vogelscheuch zog am Glockenzug. Nach einiger Zeit öffnete sich das Tor, und der Torwächter schaute heraus.

»Was, *ihr* seid es? Seid ihr denn *zurück*gekommen?« fragte er verblüfft.

»Ja, stehen wir vielleicht nicht hier?« sagte der Vogelscheuch.

»Aber ich habe gedacht, ihr geht ins Land der Westhexe?«

»Ja, wir haben sie besucht«, sagte der Vogelscheuch.

»Und hat sie euch nicht versklavt?«

»Nicht sehr«, sagte der Vogelscheuch, »nur ein bißchen. Dann ist sie ins Wasser gefallen und hat ihre Zauberkraft verloren, und jetzt sind die Munkeln befreit, und wir sind Helden.«
Da verbeugte sich der Torwächter tief und ließ sie eintreten. Er setzte ihnen wieder die grünen Schutzbrillen auf, verschloß das äußere Tor und öffnete das innere.
Als die Bewohner der Smaragdenen Stadt von dem Torwächter hörten, daß Dorothy und ihre Freunde die Westhexe besiegt hatten, liefen sie zusammen und begleiteten die fünf mit Hurra und Bravo zum Palast von Oz. Denn obwohl es sich nicht gehörte, davon zu sprechen, hatten viele im geheimen Angst gehabt, daß die Westhexe auch einmal die Smaragdene Stadt in ihre Gewalt bekommen könnte.
Der Soldat mit dem grünen Bart ließ die Freunde ein, und das grüne Mädchen führte sie in die Zimmer, die sie schon einmal bewohnt hatten. Dann ging der Soldat zum Schreiber des Sekretärs des Oberhofmeisters des Großen Oz, um ihm die Rückkehr der fünf Freunde zu melden. Dorothy erzählte inzwischen dem grünen Mädchen vom Kampf mit der Westhexe, und das grüne Mädchen weinte vor Freude.
Dorothy dachte, daß der Große Oz sie wohl gleich zu sich bitten würde, nachdem sie ja seine Bedingung nun doch erfüllt hatten. Aber der mächtige Zauberer ließ nichts von sich hören. Auch am nächsten Tag nicht und auch nicht am übernächsten.
Am dritten Tag sagte der Blecherne Holzfäller: »Wir sollten uns das nicht länger gefallen lassen, daß der Große Oz uns so behandelt.«
»Ja«, sagte der Vogelscheuch, »wenn er uns nicht einlädt, dann laden wir uns selber ein.«

»Aber das ist gefährlich«, sagte der Ängstliche Löwe.
»Vielleicht«, sagte Dorothy, »aber ich will jetzt endlich nach Kansas zurück.«
Und Toto wedelte mit dem Schwanz.
Also machten sie sich auf zum Thronsaal. Zuerst mußten sie durch das Zimmer des Schreibers des Sekretärs des Oberhofmeisters.
»Wohin, bitte?« fragte der Schreiber.
»Zum Großen Oz«, sagte der Vogelscheuch.
»Aber das geht nicht!« rief der Schreiber, sprang auf und lief ihnen nach. Doch die fünf öffneten die andere Tür und gingen weiter.
»Wohin?« sagte der Sekretär des Oberhofmeisters.
»Zum Großen Oz«, sagte der Vogelscheuch.
»Aber das geht nicht!« rief der Sekretär, sprang auf und lief ihnen nach. Doch die fünf öffneten die andere Tür und gingen weiter.
»Wohin?« fragte der Oberhofmeister.
»Zum Großen Oz«, sagte der Vogelscheuch.
»Aber das geht nicht!« rief der Oberhofmeister und lief ihnen nach.
Die fünf marschierten in den Vorraum zum Thronsaal. Als die Damen und Herren des Hofstaats die fünf Freunde daherkommen sahen und den Oberhofmeister, den Sekretär und den Schreiber, die aufgescheucht um die fünf herumliefen, begannen sie alle aufgeregt miteinander zu tuscheln und zu wispern.
Der Vogelscheuch klopfte an die Tür zum Thronsaal, aber das konnte man kaum hören, weil seine Hände ja mit Stroh ausgestopft und ganz weich waren. Aber der Blecherne Holzfäller

klopfte mit dem Stiel seiner Axt an die Tür, und das gab ein mächtiges Dröhnen. Dann traten sie ein.

Der Thronsaal war leer.

»Hallo!« rief der Vogelscheuch. »Ist der Große Oz hier?«

»Ich bin Oz, der Große und Schreckliche!« tönte da eine Stimme von oben aus der Kuppel. »Was wollt ihr, und warum stört ihr mich?«

Sie schauten sich um, aber sie konnten den Großen Oz nirgends sehen. »Wo sind Sie?«

»Ich bin überall«, ertönte die Stimme des Großen Oz, »doch unsichtbar für die Augen gewöhnlicher Sterblicher. Ich setze mich jetzt auf meinen Thron, damit ihr mit mir sprechen könnt.«

Und wirklich schien die Stimme jetzt vom Thron her zu kommen.

»Nun«, sagte die Stimme, »was führt euch zu mir?«

»Wir haben die Westhexe unschädlich gemacht«, sagte Dorothy. »Sie hat ihre Zauberkraft verloren und ist geflohen.«

»Das ist eine große Tat!« sagte die Stimme. »Ihr habt dem Land Oz und mir einen unschätzbaren Dienst erwiesen. Ich danke euch. Ihr könnt gehen!«

»Und Ihr Versprechen?« schrie Dorothy. »Sie haben gesagt, sie schicken mich nach Kansas zurück, wenn wir die Westhexe besiegen!«

»Und mir haben Sie einen Verstand versprochen!« rief der Vogelscheuch.

»Und mir ein Herz!« rief der Holzfäller.

»Und mir haben Sie Mut versprochen!« sagte der Ängstliche Löwe voller Enttäuschung.

»Ist die Hexe auch wirklich tot?« fragte die Stimme des Großen Oz.
»Tot ist sie nicht«, sagte Dorothy, »aber sie ist keine Hexe mehr. Sie ist in den Mühlbach gefallen, und Wetterhexen dürfen nicht in fließendes Wasser fallen! Jetzt kann sie nicht mehr zaubern, die Munkeln sind befreit, und für die Smaragdene Stadt ist sie auch nicht mehr gefährlich. Was wollen Sie denn noch?«
»Das ist alles schön und gut, aber meine Bedingung habt ihr nicht erfüllt. Also bin ich an mein Versprechen nicht gebunden. Und jetzt geht!«
»Das ist gemein!« schrie Dorothy.
Der Vogelscheuch legte den Kopf schief und hob den Zeigefinger. Dann sagte er: »Wenn die Hexe keine Hexe mehr ist, dann gibt es keine Hexe mehr. Und wenn die Hexe tot ist, dann gibt es auch keine Hexe mehr. Das ist genau dasselbe!«
Die Stimme des Großen Oz hüstelte. »Na schön. Also kommt morgen wieder, ich werde darüber nachdenken, ob ich eure Wünsche erfülle.«
»Nein, jetzt!« schrie Dorothy.
»Sie haben lange genug Zeit gehabt zum Nachdenken!« sagte der Blecherne Holzfäller ärgerlich.
Und der Löwe dachte sich, es könnte vielleicht nicht schaden, den Großen Oz zu erschrecken, und er ließ ein wildes und fürchterliches Brüllen hören. Das erschreckte den armen Toto so, daß er einen Sprung nach hinten machte und einen grünseidenen Wandschirm umwarf, der in der Ecke stand. Die vier anderen drehten sich nach dem Krach um und sahen zu ihrem Erstaunen einen kleinen rundlichen Mann dort stehen. Er hatte eine Glatze

und viele Runzeln im Gesicht und sah erschrocken und beschämt aus.

»Wer sind *Sie* denn?« fragte Dorothy verblüfft.

»Ich bin Oz, der Große und Schreckliche. Aber, bitte, sag deinem Löwen, er soll mir nichts tun!«

»Ja, aber ich hab gedacht, Sie sind ein riesiger Kopf?« sagte Dorothy.

»Oder eine hübsche Dame?« sagte der Vogelscheuch.

»Oder ein schreckliches Ungeheuer?« sagte der Blecherne Holzfäller.

»Oder ein riesiger Feuerball?« sagte der Löwe.

»Ich bin nichts von alldem«, sagte der Große Oz kläglich. »Ich hab nur so getan.«

»Nur so getan?« rief Dorothy enttäuscht.

»Psst, brüll nicht so!« sagte der Große Oz. »Das müssen ja nicht gleich alle hören. Die glauben doch, daß ich ein großer Zauberer bin.«

»Ja, sind Sie denn keiner?«

»Leider nein. Ich bin nur ein ganz gewöhnlicher Mensch!«

»Wissen Sie, was Sie sind?« sagte der Vogelscheuch gekränkt. »Sie sind ein Schwindler!«

»Ja, leider«, sagte der alte Mann. Doch dann richtete er sich auf und sagte stolz: »Aber ein guter! Bisher ist mir noch keiner hier draufgekommen.«

»Und wie haben Sie das mit dem Kopf gemacht?« wollte Dorothy wissen.

»Na schön, ich zeig dir's.« Der alte Mann führte sie in ein Zimmer hinter dem Thronsaal. Dort hingen allerhand seltsame Gewänder an Kleiderbügeln, Regale mit Masken waren da und

Schränke mit allerhand buntbemaltem und mit Flitter beklebtem Krimskrams: Flaschen und Kugeln, Bälle und Spielkarten, Vogelkäfige und Goldfischgläser und eine Menge von Kisten, Kästchen und Schachteln. Der Große Oz zeigte in eine Ecke, wo der große Kopf lag. Er war aus vielen Schichten Papier zusammengeklebt und innen hohl. »Die Augen und den Mund kann ich mit Fäden bewegen, wenn ich hinter dem Wandschirm stehe«, erklärte der falsche Zauberer. Dann zeigte er dem Vogelscheuch das Kostüm und die Maske der schönen Fee, und der Blechmann sah, daß das gewaltige Ungeheuer aus einem Haufen von Fellen zusammengenäht war. Und der Feuerball, das war einfach eine Kugel aus Watte, die mit Petroleum getränkt war.

»Und mit dem ganzen Zeug legen Sie die Leute herein?« sagte Dorothy.

»Tja«, der falsche Zauberer rieb sich verlegen die Hände. »Mir ist nichts anderes übriggeblieben. Also los, setzt euch her, ich werde euch meine Geschichte erzählen.«

Sie setzten sich, und der Große Oz begann seine Geschichte: »Ich komme aus Omaha…«

»Aber das ist nicht weit von Kansas!« rief Dorothy aus.

»Richtig«, sagte der alte Mann, »aber von hier ist es leider sehr weit. Nun, als kleiner Junge habe ich mich damit vergnügt, Tierstimmen nachzuahmen, und später bin ich als Bauchredner auf Jahrmärkten aufgetreten.« Er miaute wie eine Katze, so daß Toto die Ohren spitzte, sich umsah und sich wunderte, daß er eine Katze hören, aber nicht riechen konnte.

»Später bin ich dann Ballonfahrer geworden. Ich bin mit Zirkussen gereist, und überall, wo der Zirkus gespielt hat, bin ich mit meinem Ballon aufgestiegen und über die ganze Stadt hingesegelt. Das haben die Leute schon von weitem gesehen, und es war eine gute Reklame für den Zirkus. Am Abend bin ich dann im Zirkus als Bauchredner und Zauberkünstler aufgetreten. Aber eines Tages hat sich bei meinem Ballon die Klappe verklemmt, mit der man das Gas ausläßt, damit der Ballon wieder sinkt. Und so konnte ich nicht mehr herunter. Der Wind hat mich davongetragen, und ich bin vielleicht zwei oder drei Tage durch die Luft gesegelt. Das war schlimm, sage ich euch, denn ich hatte ja nur einen kleinen Nachmittagsflug geplant und nur eine Pakkung Kekse und eine Thermosflasche mit Kaffee als Reiseproviant. Und meinen Zauberkoffer, weil ich den immer mitnahm, damit niemand drin rumschnüffeln konnte. Am dritten Tag ist dem Ballon langsam das Gas ausgegangen – ein Ballon ist ja nie ganz dicht. Und so bin ich hier heruntergekommen. Die guten Leute hier hatten noch nie einen Ballon gesehen und dachten natürlich, der Mann, der da aus dem Himmel kam, müßte ein gewaltiger Zauberer sein.« Der falsche Zauberer schaute ein bißchen schamvoll seine Nase entlang. »Ich habe sie in dem Glauben gelassen, denn das war sehr praktisch für mich. Sie hatten ja auch Angst vor mir und taten alles, was ich wollte. Ich habe ihnen gesagt, sie sollten mir diesen Palast hier bauen und eine Stadt rundherum. Und dann dachte ich, weil das Land hier so wundervoll grün ist, wäre ›Smaragdene Stadt‹ ein guter Name für sie. Und damit der Name noch besser paßt, habe ich die Geschichte von dem großen Glanz erfunden, der die Augen blendet, und den Leuten gesagt, daß sie die grünen Schutzbrillen tragen müssen. Ich habe alle aus der Stadt geschickt, und dann habe ich drinnen ein bißchen Feuerwerk losgelassen, und als die Leute wieder reinkamen,

kriegte jeder im Tor eine grüne Schutzbrille aufgesetzt. Und jetzt glauben die meisten hier, daß die Stadt wirklich grün ist, weil sie sie immer nur durch die grüne Brille gesehen haben.«

»Und die Smaragde?« fragte Dorothy.

»Na ja, das meiste von dem Glitzerzeug ist Glas. Aber was schadet das, es sieht doch hübsch aus. Die Leute sind sehr stolz auf ihre Stadt und sind mir dankbar dafür, obwohl sie sie ja eigentlich selber gebaut haben. Und weil ich sie ansonsten in Ruhe lasse und ihnen nicht dreinrede, halten sie mich für einen guten und weisen Herrscher. Nun ja, es gibt natürlich nichts, was nicht auch seine Nachteile hätte. Damit die Leute nicht dahinterkommen, wer ich wirklich bin, habe ich mich immer in diesem Palast verkrochen. Als ich hier ankam und die Stadt gebaut wurde, war ich noch ein fescher junger Mann. Und jetzt bin ich ein alter Glatzkopf.

Die größte Angst hatte ich immer vor den Hexen. Denn die konnten wirklich zaubern, aber ich hatte nur ein paar Tricks. Es gibt eine Menge Hexen und Zauberer hier, aber die meisten können nicht allzuviel. Nur vier waren wirklich mächtig, das waren die Nord- und die Südhexe und die Ost- und die Westhexe. Die Nord- und die Südhexe waren nicht so ein großes Problem, das sind kluge Frauen, die das Wetter machen und den Leuten sagen, wann die beste Zeit für die Aussaat und die Ernte ist. Sie heilen kranke Leute und krankes Vieh und geben gute Ratschläge. Meine einzige Sorge war, daß die Leute aus der Smaragdenen Stadt etwas Ähnliches von mir verlangen könnten, aber zum Glück ist hier ein gesegnetes Klima, hier gedeiht sowieso alles prächtig, und die Leute sind gesund. Aber die anderen zwei, die im Osten und im Westen, vor denen hatte ich schreckliche Angst. Wenn die dahintergekommen wären, daß ich kein wirklicher Zauberer bin, dann wäre es ausgewesen mit der Smaragdenen Stadt und mit mir. Du kannst dir vorstellen, wie froh ich war, als ich erfuhr, daß der Osthexe dein Haus auf den Kopf gefallen ist. Und so dachte ich mir, du könntest vielleicht auch mit der Westhexe fertig werden. Tja – und so habe ich euch eben alles versprochen, was ihr wolltet, damit ihr sie unschädlich macht.«

Der Große Oz zuckte die Schultern und schaute auf seine Zehenspitzen.

»Ich glaube, Sie sind ein schlechter Mensch!« sagte Dorothy.
»Nein, nein! Ich bin ein guter Mensch! Ich bin nur, fürchte ich, ein schlechter Zauberer.«
»Dann können Sie mir also keinen Verstand geben?« fragte der Vogelscheuch traurig.
»Bist du denn sicher, daß du keinen hast? Du bist noch keine drei Wochen alt und hast doch schon eine Menge gelernt.«
»Ach nein! Mein Kopf ist nur mit Stroh ausgestopft. Damit kann man nicht gut denken. Ich will einen richtigen Verstand.«
Der falsche Zauberer schaute den Vogelscheuch nachdenklich an und lächelte ein bißchen. »Na schön. Ich bin zwar nicht so ein toller Zauberer, aber ich denke, es läßt sich machen. Komm morgen zu mir, dann kriegst du einen wundervollen Verstand von mir.«
»Oh, vielen Dank, recht herzlichen Dank!« sagte der Vogelscheuch und schüttelte dem alten Mann die Hand wie einen Pumpenschwengel.
»Und was ist mit meinem Mut?« fragte der Löwe besorgt.
»Ja, was ist mit deinem Mut? Wie ich höre, bist du über reißende Flüsse gesprungen, hast Grauenhafte Kalidahs verjagt und mit einer Hexe gekämpft.«
»Ja, schon. Aber das ist doch kein richtiger Mut. Ich habe mich immer so gefürchtet dabei.«
»So, so. Dann komm eben morgen zu mir, und ich werde dir die richtige Sorte Mut einflößen.«
»Und ein Herz? Haben Sie auch ein Herz für mich?« Der Blecherne Holzfäller fühlte wieder ein bißchen Hoffnung, als er die Versprechen des falschen Zauberers hörte.
»Also da muß ich abraten!« antwortete Oz. »Ein Herz, das ist

kein guter Wunsch. Die meisten Leute werden nur unglücklich damit.«

»Das ist Ansichtssache«, sagte der Blecherne Holzfäller. »Ich habe schon einmal eins gehabt, und ich muß sagen, ich will lieber unglücklich sein als herzlos.«

»Also gut. Dann komm du auch morgen, und du wirst dein Herz bekommen. Aber beklag dich nicht hinterher!«

Dorothy sagte gar nichts. Sie schaute den kleinen Mann, der da so großartige Dinge versprach, nur bitter an.

Der Große Oz schaute ihr in die Augen und sagte: »Und du willst jetzt von mir, daß ich dich nach Kansas zurückbringe, nicht wahr?« Er machte eine kleine Pause. »Gib mir zwei, drei Tage Zeit, und ich werde mir etwas ausdenken. Ich verspreche es dir. Diesmal werde ich mich nicht drücken. Aber eine Bitte habe ich: Verratet inzwischen niemandem, daß ich ein Schwindler bin.«

»Na gut«, sagte Dorothy, »wir werden nichts sagen. Vorläufig!«

Und dann ließen sie Oz, den Großen und Schrecklichen Schwindler, allein.

16. Kapitel

Der große Zauber

Am nächsten Morgen sagte der Vogelscheuch zu seinen Freunden: »Ihr könnt mir gratulieren. Ich gehe jetzt zum Großen Oz und hole mir meinen Verstand ab. Wenn ich zurückkomme, bin ich ein so guter Mann wie nur irgendeiner.«

»Ich mag dich eigentlich so, wie du bist«, sagte Dorothy.

»Das ist sehr freundlich von dir. Aber du wirst sicher noch mehr von mir halten, wenn du die neuen, glänzenden Gedanken hörst, die mein Verstand ausspucken wird!« Und dann ging er zum Thronsaal.

Der Große Oz wartete schon auf ihn. »Bitte, nimm Platz«, sagte er. »Du wirst verzeihen, aber ich muß deinen Kopf abnehmen, damit ich dir den Verstand einpflanzen kann.«

»Das ist schon in Ordnung«, sagte der Vogelscheuch fröhlich.

»Nehmen Sie ihn ruhig ab und stopfen Sie so viel Verstand rein, wie nur geht.«

Oz nahm dem Vogelscheuch den Kopf ab und schüttelte ungefähr die Hälfte des Strohs heraus. Dann nahm er einen kleinen Lederbeutel und füllte ihn mit Stecknadeln, Pfefferkörnern und gemahlenem Paprika. Außerdem legte er noch ein Päckchen Rasierklingen hinein, das er aus Omaha mitgebracht hatte. Den Beutel band er zu und stopfte ihn in den Kopf. Nachdem er den restlichen Hohlraum wieder mit Stroh ausgestopft hatte, setzte er dem Vogelscheuch den Kopf wieder auf und nähte ihn am Hals fest.

»Ich habe dir einen besonders scharfen Verstand gegeben«, sagte er. »Wie fühlst du dich?«

»Oh, wirklich sehr weise!« antwortete der Vogelscheuch. »Vielen herzlichen Dank. Und wenn Sie einmal einen guten Rat brauchen – kommen Sie ruhig zu mir!«

Der Große Oz lachte. »Das tu ich, lieber Freund, das tu ich!«

Als nächster kam der Blecherne Holzfäller zum Großen Oz.

»Bitte, nimm Platz«, sagte der Große Oz. Der Holzfäller setzte sich.

»Nervös?« fragte Oz.

»Nur ein bißchen. Es ist so lange her, daß ich ein Herz gehabt habe.«

»Kein Grund zur Aufregung. Ich muß nur ein kleines Loch in deine Brust schneiden, ich hoffe, das tut nicht zu weh.«

»Aber nein, ich habe schon Schlimmeres erlebt.«

Da nahm der Große Oz eine Blechschere, machte drei Schnitte und bog ein Stück Blech weg. Dann ging er zu einem Schrank und holte ein wunderschönes Herz heraus. Es war ganz aus roter

Pappe und hatte eine blaue Seidenschleife herum. Außerdem stand noch in goldenen Buchstaben »Herzlichen Glückwunsch« drauf.

»Ist es nicht hübsch?« fragte Oz.

»Sehr hübsch! Aber ist es auch ein gutes Herz?«

»Sicher«, sagte Oz. »Es sind Liebesperlen drin.«

»Werden die nicht schlecht?«

»Ach nein! Liebesperlen halten ewig.«

Und Oz legte dem Blechernen Holzfäller das Herz in die Brust, dann bog er das Blechstück zurück, nahm einen Lötkolben und Zinn und lötete das Loch wieder zu. »Man sieht die Lötnaht ein bißchen, ich hoffe, das stört dich nicht!«

»Aber keine Spur. Da kann jeder gleich sehen, daß ich ein Herz in der Brust habe. Ich bin Ihnen wirklich sehr dankbar und werde Ihnen das nie vergessen!«

»Ach, ist doch nicht der Rede wert!« sagte Oz.

Dann kam der Ängstliche Löwe an die Reihe.

Der falsche Zauberer ging zu seinem Schrank und holte aus dem höchsten Fach eine große, grüne Flasche heraus. Dann nahm er eine goldene Schüssel und goß den Inhalt der Flasche hinein. Die Schüssel stellte er dem Löwen vor die Nase.

Der Löwe schnüffelte. »Ist das Mut?« fragte er zaghaft.

»Wie man's nimmt«, antwortete Oz. »Mut ist ja immer innen drin. Solange es draußen ist, kann man es nicht gut Mut nennen. Aber sobald du es getrunken hast, ist es Mut.«

Der Löwe schnüffelte noch einmal an der Flüssigkeit. Sie roch süß und nach Pfefferminz. »Na gut«, sagte er und trank und schleckte die Schüssel leer. »Schmeckt nicht schlecht.«

»Und, wie fühlst du dich?«

»Wie der mutigste Löwe in ganz Oz!«
»Nun, ich glaube, das bist du auch!« sagte der falsche Zauberer.
Und dann ging der Löwe zurück zu seinen Freunden, und Oz setzte sich hin, um über Dorothys Problem nachzudenken.

17. Kapitel

Der Ballon

Drei Tage lang hörte Dorothy nichts von Oz. Das waren traurige Tage für Dorothy, aber sie zeigte es nicht, denn ihre Freunde waren so stolz und glücklich, daß sie ihnen die Freude nicht verderben wollte. Der Vogelscheuch erzählte von den wundervollen Gedanken in seinem Kopf. Allerdings sagte er nicht, was das für Gedanken waren, denn, sagte er, die würde ohnehin niemand außer ihm verstehen. Der Blecherne Holzfäller saß oft lange da und horchte still in sich hinein. Dann erzählte er Dorothy, daß sein neues Herz viel freundlicher und gütiger wäre als sein altes. Und der Löwe erklärte jedem, der es wissen wollte, daß die Grauenhaften Kalidahs nur kommen sollten, sie würden schon sehen!

Am vierten Tag endlich schickte Oz den Soldaten mit dem grünen Bart nach Dorothy.

»Also, hör zu«, sagte er. »Ich glaube, ich habe die Lösung gefunden.«

»Bringen Sie mich nach Kansas zurück?«

»Na ja, nach Kansas, das kann ich nicht garantieren, ich habe nämlich nicht die leiseste Ahnung, in welcher Richtung es liegt. Aber das größte Problem ist ja, aus diesem Land und über die Wüste zu kommen.«

»Und wie soll das gehen?«

»Nun, wir sind doch beide durch die Luft hergekommen. Du in einem Wirbelsturm und ich in einem Ballon. Ich glaube nicht, daß ich einen Wirbelsturm machen kann, aber ich habe nachgedacht, und ich denke, einen Ballon kann ich machen.«

»Und wie?«

»Ein Ballon«, sagte Oz, »ist aus Seide. Die wird mit Leim bestrichen, damit das Gas nicht herauskann. Seide hab ich genug hier im Palast, nur leider gibt es in ganz Oz kein Gas.«

»Ja, aber dann fliegt doch der Ballon nicht!« sagte Dorothy.

»Ich habe mir etwas anderes überlegt: Man kann auch mit heißer Luft fliegen. Wir werden unter dem Ballon ein Feuer machen, und er wird aufsteigen.«

»Wir?« rief Dorothy aus. »Ja, kommen Sie denn mit?«

»Ja. Ich habe es mir überlegt. Ich habe keine Lust mehr, ein Schwindler zu sein. Immer in diesem Palast eingesperrt, damit niemand herausfinden kann, wer ich bin – das ist doch kein Leben! Da reise ich lieber mit dir nach Kansas und arbeite wieder in einem Zirkus.«

»Ich würde mich freuen, wenn Sie mir Gesellschaft leisten«, sagte Dorothy höflich.

»Vielen Dank, ich fühle mich sehr geehrt«, sagte Oz. »Und jetzt fangen wir gleich mit der Arbeit an.«

Der Große Oz schnitt die langen Seidenstreifen zu, und Dorothy nahm Nadel und Faden und nähte sie zusammen. Immer erst einen hellgrünen Streifen, dann einen dunkelgrünen und dann einen leuchtend smaragdgrünen.

»Denn wenn wir schon einen Ballon machen«, sagte Oz, »dann gleich einen schönen. Es ist dieselbe Arbeit.«

Als Oz mit dem Zuschneiden fertig war, half er Dorothy beim Nähen, denn das konnte er fast so gut wie sie. Trotzdem dauerte es drei Tage, bis der Ballon fertig war. Dann malte Oz noch in Goldfarbe die Buchstaben »O. Z.« riesengroß auf den Ballon.

»Heißen Sie denn wirklich Oz?« fragte Dorothy.

»Mm… gewissermaßen! Es sind die Anfangsbuchstaben von meinem Namen. Als ich beim Zirkus war, habe ich nie meinen Namen verraten und mich immer nur ›Der Große O.Z.‹ genannt. So was wirkt sehr geheimnisvoll. Und die Leute haben dann ›Der Große Oz‹ draus gemacht. Ich hatte ›O.Z.‹ auf meinem Wohnwagen stehen, auf allen meinen Koffern und natürlich auch auf meinem Ballon. Und deswegen haben die Leute von Oz gedacht, daß ich vom Himmel speziell zu ihnen gekommen wäre.«

»Und wie heißen Sie wirklich?« fragte Dorothy.

»Oscar Ziegenbart. Das ist kein Name für einen Künstler! Aber jetzt«, sagte der Große Oz, »brauchen wir noch die Gondel, in der wir sitzen werden, und ein paar feste Seile.«

Er schickte den Soldaten mit dem grünen Bart um einen großen

Wäschekorb, den er mit den Seilen am Ballon befestigte. Dann trugen Oz, Dorothy, der Blecherne Holzfäller und der Vogelscheuch den Korb vor den Palast. Oz befestigte den Korb mit einem Seil am Gitterzaun, damit er nicht zu früh davonflog.

Die Bewohner der Smaragdenen Stadt versammelten sich, um zu sehen, was da geschah. Der Blecherne Holzfäller hatte einen großen Stoß Holz gehackt, und nun zündete er ihn an. Dann hielten Oz und der Blechmann den Ballon übers Feuer, und die heiße Luft stieg auf und fing sich darin. Langsam schwoll der Ballon und hob sich in die Luft, bis der Korb nur gerade noch den Boden berührte. Dann stieg Oz in den Korb.

»Meine lieben Freunde!« sagte er zu den Einwohnern der Smaragdenen Stadt. »Ich muß in wichtigen Geschäften verreisen. Ich nehme an, ihr kommt inzwischen auch ohne mich aus. Aber wenn ihr irgendeinen Rat brauchen solltet, dann wendet euch an den Vogelscheuch hier. Er ist ein kluger und verständiger Mann und hat einen scharfen Verstand!«

Dorothy umarmte den Blechernen Holzfäller, den Löwen und den Vogelscheuch. Sie war schon traurig, die drei zurückzulassen.

»Komm, Dorothy«, rief Oz, »beeil dich, der Ballon hebt gleich ab!«

»Gleich!« schrie Dorothy zurück. »Ich muß nur Toto einfangen.«

Toto lief aufgeregt in der Menge herum und bellte abwechselnd die Leute und den Ballon an. Endlich hatte sie ihn eingefangen.

»Schnell, Dorothy!« rief Oz.

»Ich komm schon!«

Der Ballon schwebte schon einen Meter über der Erde. Dorothy lief darauf zu, Toto im Arm, und Oz streckte ihr die Hand entgegen, um sie in den Korb zu ziehen. Da erfaßte ein Windstoß den Ballon – krack, riß das Halteseil, und Oz schwebte in die Höhe.

»Komm zurück!« schrie Dorothy. »Ich will doch mit!«

»Es geht nicht mehr!« rief Oz, »ich kann nicht mehr herunter! Leb wohl! Sei mir nicht böse! Leb wohl!«

Und alle Einwohner der Smaragdenen Stadt riefen: »Leb wohl! Auf Wiedersehen! Gute Reise! Kommen Sie bald wieder!« Und sie schwenkten ihre grünen Hüte, Kopftücher und Schürzen.

Und das war, soweit wir wissen, das letzte Mal, daß der Große Oz in der Smaragdenen Stadt gesehen wurde.

18. Kapitel

Der Gürtel

Dorothy war verzweifelt, als der Große Oz ohne sie verschwunden war. Wie sollte sie nur jemals nach Kansas zurückkommen! Niedergeschlagen ging sie mit ihren Freunden zurück in den Palast. Auch die anderen waren traurig, daß sie den Großen Oz, der ihnen so großartige Dinge geschenkt hatte, nie mehr sehen sollten.

Im Tor drehte sich der Vogelscheuch noch einmal um und sagte zu den Bewohnern der Smaragdenen Stadt: »Wenn ihr also dann einen guten Rat braucht: Ihr findet mich im Palast, Sprechstunden täglich, außer Sonntag, von neun bis elf.«

Dann versammelten sich alle in Dorothys Zimmer.

Der Blecherne Holzfäller sagte zu Dorothy: »Ich möchte gerne ein bißchen weinen. Würdest du mir, bitte, die Tränen abwischen, damit ich nicht einroste?«

»Aber selbstverständlich.«

Und so weinte der Blecherne Holzfäller ein paar Minuten um den Großen Oz, der ihm das wundervolle neue Herz geschenkt hatte, und Dorothy nahm ihr Taschentuch und wischte ihm die Tränen ab.

Aber als der Blecherne Holzfäller fertig war, mußte Dorothy selber weinen, und jetzt war es der Holzfäller, der ihr die Tränen abwischte, obwohl bei Dorothy eigentlich keine Gefahr bestand, daß sie einrosten könnte.

Der Löwe und der Vogelscheuch sahen der herzzerreißenden Szene zu, und der Löwe schniefte öfters, und der Vogelscheuch wischte sich die Augen, was seltsam aussah, weil sein Gesicht ja immer lachte.

Da klopfte es an der Tür, und das grüne Mädchen kam herein, reisefertig gekleidet und mit einem Handköfferchen.

»Ich wollte mich verabschieden. Ich ziehe wieder ins Munkel-Land zu meinen Eltern!«

Dorothy stand auf und umarmte sie: »Auf Wiedersehen! Wie heißt du eigentlich? Ich hab dich gar nie gefragt!«

»Jellia. Aber hast du geweint?«

»Ja«, sagte Dorothy und erzählte Jellia, warum.

»Da kann dir nur mehr eine von den Hexen helfen«, sagte Jellia. »Die Nordhexe wohnt näher, aber die Südhexe kann mehr, hab ich gehört. Sie heißt Glinda, aber es ist ziemlich weit bis zu ihr. Man muß zuerst durch einen Wald mit kämpfenden Bäumen, dann durchs Porzellanland, wo die Leute ziemlich zerbrechlich sind, dann durch einen Wald voller wilder Tiere und dann noch an den Hammerköpfen vorbei. Die haben keine Arme oder Hände, dafür können sie ihren Hals fünf Meter weit ausfahren, und zwar blitzschnell, und dann hauen sie einem mit dem Kopf in den Bauch. Und dann kommt man erst ins Land der Quasslinge, wo die Südhexe wohnt.«

»Mein Verstand sagt mir, daß uns nichts anderes übrigbleibt, als zur Südhexe zu reisen«, sagte der Vogelscheuch, »wenn Dorothy unbedingt darauf besteht, daß sie nach Kansas zurückwill. Obwohl: Daß sie nicht bei uns bleiben will, das ist das einzige, was sogar mein neuer Verstand nicht begreifen kann!«

»Na schön«, sagte der Blecherne Holzfäller, »mit kämpfenden Bäumen sollte ich ja wohl fertig werden.«

»O ja«, sagte der Löwe, »ich hab gute Lust, es mit ein paar wilden Hammerköpfen aufzunehmen.«

Dorothy seufzte: »Das wird ja eine Ewigkeit dauern, bis wir dort sind. Warum kann die Südhexe nicht hier sein!«

»Ja, bitte, mein Kind, was kann ich für dich tun?« Mitten im Zimmer stand unversehens eine hübsche junge Frau mit Stupsnase und Sommersprossen und herrlichem roten Haar, das ihr über die Schultern fiel.

»Wer ist denn das?« riefen Jellia und Dorothy gleichzeitig. Und es war gut, daß dem Vogelscheuch die Augen aufgemalt waren, denn wenn er richtige gehabt hätte, wären sie ihm aus dem Kopf gefallen, so starrte er die Erscheinung an.

»Na, ich bin natürlich Glinda, die Südhexe. Die Leute nennen mich auch Glinda die Gute, aber Glinda genügt, ich bin nicht eitel, also jedenfalls nicht sehr. Sei still, Kleiner!« Die letzten Worte waren an Toto gerichtet, der sie aufgeregt anbellte. Die Hexe schnippte mit den Fingern und zauberte ihm schnell eine

Wurst vor die Nase, damit er Ruhe gab. »Also, was gibt's, was kann ich für dich tun? Ich bin übrigens sehr froh, daß du meinen Silbergürtel gefunden hast, ich habe mir schon Gedanken gemacht, wo er stecken könnte.«

»Das ist *Ihr* Gürtel?« staunte Dorothy. »Ich habe geglaubt, er ist von der Westhexe. Glum hat ihn mir als Andenken mitgegeben, sonst hätte ich ihn sicher nicht mitgenommen.«

»Das macht gar nichts, das ist schon in Ordnung. Ich hab's mir fast gedacht, daß du ihn haben wirst. Ich hab schon von dir gehört. Du bist Dorothy, nicht wahr? Darf ich mich setzen? Danke! Aber setzt euch doch auch! Ich erklär euch das schnell mit dem Gürtel: Also, der Gürtel, der gehört mir, und er ist natürlich dazu da, daß man mich damit herbeirufen kann. Ich habe ihn vor kurzem erst einem Köhler geborgt, der seinen Kohlenmeiler an der Grenze zum Munkel-Land hat und sich vor der Westhexe gefürchtet hat. Also gut: Der Köhler kommt vor ein paar Tagen zu mir und jammert, daß ihm ein altes Weiblein den Gürtel abgeluchst hat. Der Dummkopf hat ihn zum Schlafengehen immer abgenommen, und das alte Weiblein, das er aus Mitleid in seiner Hütte hat übernachten lassen, ist mit dem Gürtel auf und davon. Na, ich hab natürlich gleich an die Westhexe gedacht. Ihr könnt euch vorstellen, in was für einer Lage ich war: Die Hexe hätte mich bloß zu rufen brauchen, und ich hätte hinmüssen. Wer weiß, was sie inzwischen mit den Quasslingen angestellt hätte. Ich habe hin und her überlegt, was ich machen soll, da ist schon die Nachricht gekommen, daß ein Heer von Guten Feen, Silbernen Rittern, Seidenen Edelmännern, Goldenen Löwen und so weiter die Hexe besiegt hatte.«

»Das sind wir!« sagte der Vogelscheuch stolz.
»Ich weiß schon! Also war fürs erste einmal die Gefahr gebannt, und weil ich gerade viel zu tun hatte, habe ich mir gedacht, der Gürtel wird schon wieder auftauchen. Na, und da ist er ja. Kann ich ihn wiederhaben? Du hast natürlich einen Wunsch frei, das ist ja selbstverständlich, oder auch zwei. Du mußt ihn mir aber nicht geben, ich kann ihn dir nämlich nicht wegnehmen, und solange du ihn hast, muß ich jedesmal kommen, wenn du mich rufst. So ist das mit Zauberdingen, es sind immer irgendwelche unbequemen Bedingungen daran geknüpft, da kann man nichts machen!«
Dorothy brauchte erst einige Zeit, um das alles zu begreifen, aber der Vogelscheuch sagte: »Sie müssen viel Verstand haben, daß Sie so schnell reden können!«
Glinda lachte. »Na ja, reden kann ich. Wenn mir sonst nichts eingefallen wäre, dann hätte ich die Westhexe eben niedergeredet. Also, weißt du schon, was du machen willst?«
»Können Sie mich nach Kansas zurückbringen?« sagte Dorothy.
»Nach Kansas? In welcher Richtung liegt denn das?«
Dorothy zuckte die Schultern. »Ich habe keine Ahnung.«
»Ja, das ist dann schwierig. Aber warte einmal. Du hast doch noch die Silberschuhe. Kann ich die einmal haben?«
Dorothy zog die Schuhe aus und gab sie der Hexe. Die ging damit einmal kurz vor die Tür, und als sie zurückkam, sagte sie: »Ich habe ihnen wieder einen neuen Drei-Schritte-Zauber verliehen. Jetzt sollten sie wieder funktionieren.«
»Oh, danke schön, Glinda! Und Ihr Gürtel, funktioniert der in Kansas auch?«

»Ich fürchte nein. Jedenfalls nicht, wenn Kansas ein zivilisiertes Land ist.«

»Schade. Ja, dann laß ich ihn natürlich hier.«

Die Hexe nahm den Gürtel entgegen und bedankte sich. »Also dann, gute Reise!« sagte sie noch, drehte sich elegant dreimal auf dem Absatz und verschwand.

»Ja, gute Reise«, sagte der Löwe traurig.

»Gute Reise«, sagten auch der Vogelscheuch, der Blecherne Holzfäller und Jellia, das grüne Mädchen.

»Was werdet ihr machen?« fragte Dorothy.

»Ich bleibe hier in der Smaragdenen Stadt«, sagte der Vogelscheuch, »die Leute brauchen einen Ratgeber.«

»Ich werde wieder Holzfäller«, sagte der Blechmann. »Und vielleicht verliebe ich mich wieder!«

»Und ich will wieder in den Wald«, sagte der Löwe. »Das Stadtleben ist nichts für mich, man wird fett und kann keine Grauenhaften Kalidahs jagen.«

Also umarmten sich noch einmal alle, und dann nahm Dorothy Toto auf den Arm und sagte: »Jippeti-jappeti-jak...«

19. Kapitel

Zu Hause

»Weißt du, was ich glaube«, sagte Onkel Henry bedächtig. »Du hast Gehirnerschütterung gehabt und dein Gedächtnis verloren. Das kommt vor. Wir hatten einmal so einen Fall in der Armee. Der Mann ist wochenlang herumgeirrt und wußte nicht, wer er war. Plötzlich kam er wieder zu sich und ging nach Hause.«

»Mir ist fast das Herz stehengeblieben, Kind«, sagte Tante Emily, »als ich dich da in der Nacht sah, und plötzlich warst du wieder verschwunden! Und ich sagte zu Onkel Henry…«

»Aber ich war wirklich in Oz! Ich hab doch auch etwas mitgebracht.«

Und Dorothy lief hinaus, um den Stein hinterm Gemüsegarten zu suchen.

»Wo ist denn der Stein hingekommen!« rief sie, als Tante Emily und Onkel Henry nachkamen. »Hier war doch ein Stein!«

»Ja, so! Vielleicht haben ihn die Maurer genommen fürs Fundament.«

»Aber darunter hat ein Zauberstab gelegen, der jeden zu Stein macht, der ihn am falschen Ende anfaßt! Der ist gefährlich! Aber vielleicht wirkt er ja nicht in Kansas…«

»Von den Maurern ist jedenfalls keiner zu Stein geworden«, sagte Onkel Henry und lächelte, was bei ihm selten vorkam.

Dorothy grub vorsichtig im Boden, da, wo der Stein gelegen hatte. Eine Made krümmte sich und versuchte, wieder ins Dunkel zu entkommen. »Da, schaut!« rief Dorothy und hielt etwas hoch. Es war ein Schneckenhaus, aber schwer und ganz aus Stein.

»Die findet man immer wieder mal«, sagte Onkel Henry. »Es heißt, sie sind Millionen Jahre alt.«

Aber Dorothy war sicher.

Bücher von Martin Auer

In der wirklichen Welt
Geschichten aus Anderswo. Mit Zeichnungen von Hansi Linthaler
68 Seiten, Pappband (80060) *ab 10*
Hinter den Sternen, in Schlaraffia und anderswo ist alles ganz anders. Doch kommt uns, was dort geschieht, bekannt vor. Elf Geschichten von der »wirklichen« Welt – heiter, besinnlich oder märchenhaft.

Die Jagd nach dem Zauberstab
Roman für Kinder. Mit Zeichnungen von Hans Döring
144 Seiten, Pappband (80070) *ab 8*
Abenteuer beginnen meistens an langweiligen Nachmittagen. Für Flo jedenfalls fängt alles an, als sie auf dem Dachboden stöbert und dort zufällig einen elfenbeinernen Zauberstab findet...
Ein vergnügliches Buch, voller Sprachwitz und Zauberei.

Der Sommer des Zauberers
Eine Geschichte voller Geschichten. Mit Bildern von Verena Ballhaus
180 Seiten, Pappband (80191) *ab 8*
Einen Sommer lang haben Kim und der Zauberer Zeit zum Geschichtenerzählen. Geschichten zum Immerwiederlesen von den Vierweltaltern, vom stillen Tal, vom Mitternachtsschaffner und vom Fernsehschaf.

Von Pechvögeln und Unglücksraben
Geschichten. Mit farbigen Bildern von Simone Klages
80 Seiten, Pappband (80027) *ab 8*
Lilli Verlierli verliert, wie der Name schon sagt, immer alles. Am Ende wird sie noch den Kopf verlieren! Gebhard erfindet, was es schon gibt. So ein Pech! Und dann ist da noch ein Kind, das *keine* Angst vor Gespenstern hat... Diese Pechvogelgeschichten sind unerschöpflich, und lustig sind sie auch.

Was niemand wissen kann
Seltsame Verse. Sonderbare Geschichten. Mit Bildern von Hansi Linthaler
144 Seiten, Pappband (80158), Gulliver-Taschenbuch (78114) *ab 8*
Martin Auer zaubert auch mit Sprache. Seine Texte, ob kurz oder lang, enthalten Wortwitz, Sprachspiel und Blödelspiel. Und er bedient sich dabei der Kinderlogik – weil sich damit so schön genau denken läßt.

Beltz & Gelberg

Romane und Geschichten für Kinder

Christoph Hein

Das Wildpferd unterm Kachelofen

Ein schönes dickes Buch von Jakob und seinen Freunden
Mit Bildern von Rotraut Susanne Berner
252 Seiten, Pappband (80126), Gulliver-Taschenbuch (78092) *ab 8*

Jakob Borg, der eine Kiste mit allerhand Schätzen besitzt, hat fünf wunderbare Freunde. Das Wildpferd unterm Kachelofen gibt es tatsächlich, allerdings mehr aus der Sicht von Kleine Adlerfeder und Falscher Prinz.

Klaus Kordon

Brüder wie Freunde

»Kinderbibliothek«
192 Seiten, Pappband (79512) *ab 10*

Die fesselnde Geschichte von den Brüdern Frank und Burkhard spielt in den ersten Nachkriegsjahren. Bald jedoch muß Frank lernen, sich ohne den großen Bruder zurechtzufinden. »Obwohl es von einem nichts beschönigenden Realismus ist, beglückt dieses Buch … Ein Wunschtraum von einem Kinderroman.« *FAZ*
Auswahlliste Deutscher Jugendliteraturpreis

Erwin Moser

Der Rabe Alfons

Mit 68 farbigen Bildern von Erwin Moser
184 Seiten, Pappband (80062) *ab 8*

Eine märchenhafte Geschichte in 23 Kapiteln von einem Raben, der ein Mensch war, und einem Zauberer, der ein Rabe war, und ihren Abenteuern.

Simon & Desi Ruge

Katze mit Hut

Roman. Mit Bildern von Helga Gebert
208 Seiten, Pappband (80052), Gulliver-Taschenbuch (78052), »Kinderbibliothek« (79507) *ab 8*

Eine Katze mit Hut, die eigentlich nach Hamburg will, steigt in Stackeln an der Kruke aus. Sie mietet ein Haus und versammelt um sich lauter Außenseiter: Waisenkinder, Sonderlinge, einen Hundertfüßler, ein Lama, einen Zappergeck, einen Hund. Die Katze kocht, hält das Haus sauber und gibt jedem das, was er braucht …

Romane und Geschichten für Kinder

Benno Pludra

Das Herz des Piraten

Roman. Mit Bildern von Jutta Bauer

172 Seiten, Pappband (80153) *ab 10*

Am Strand findet Jessica einen Stein, und sie findet damit das Herz des Piraten, dem sie auch von ihrem Vater, dem Zirkusreiter Jakko, erzählen kann. »Pludras Erzählung gehört zum Schönsten, was die Kinderliteratur der letzten Zeit hervorgebracht hat.« *FAZ*

Iva Procházková

Der Sommer hat Eselsohren

Erzählung. Mit Bildern von Svend Otto S.

Aus dem Tschechischen von Teresa Sedmidubská

220 Seiten, Pappband (80127), Gulliver-Taschenbuch (78057) *ab 10*

Dusan erbt von seinem Onkel den Zirkusesel Amos. Und dann taucht Johanka auf, das rotzfreche Mädchen aus Prag, mit ihren verrückten Einfällen – ein ereignisreicher Sommer.

Auswahlliste Deutscher Jugendliteraturpreis

Christine Nöstlinger

Der Hund kommt!

Roman. Mit Bildern von Jutta Bauer

204 Seiten, Pappband (80172) *ab 8*

Der alte und lebenserfahrene Hund macht sich auf den Weg in die weite Welt, um zu helfen. Dabei wird er aber, zusammen mit Freund Bär, in zahlreiche Abenteuer verstrickt. »Ein Glücksfall!« *Frankfurter Rundschau*

Österreichischer Staatspreis für Kinderliteratur

Joke van Leeuwen

Deesje macht das schon

Eine Geschichte mit vielen Bildern

Aus dem Niederländischen von Mirjam Pressler

136 Seiten, Pappband (80184) *ab 8*

Deesje ist großartig! Zuerst traut man ihr gar nichts zu. Aber als sie in der Stadt verlorengeht, kann sie zeigen, was in ihr steckt.

Deutscher Jugendliteraturpreis